庫

戸村飯店　青春100連発

瀬尾まいこ

文藝春秋

目　次

戸村飯店 青春100連発

第1章

1

ラブレターを代筆するという話はよくある。高校一年生のときの英語の教科書にも、ラブレターを代筆していた郵便配達のおっさんが、送り先の女の人のハートを射止めたという話が載っていた。結構、ポピュラーなことなのかもしれない。でも、身内に書くってのはどうだろう。しかも、あの兄貴に。

「代筆って言うほどのことやないよ。こういう風に書いたらええよって、アドバイスしてくれるだけでええんやって」

駅から伸びる緩《ゆる》やかで長い坂道。もうすぐ春を迎える空から、暖かい日差しが遠慮がちに降っている。学年末テストも終わり、あとは卒業式と終業式を残すだけだ。部活動を終えれば、昼前には学校を出られる。ゆるい風と同じく、俺ら高校生も間延びしそうな穏やかな日々を過ごしている。

「そんなん面倒くさいわ」

「なんでよ。適当に先輩の心をそそるような言葉を教えてくれたらええだけやのに」

岡野はしつこく食い下がる。どうして女はわずらわしいことを、ごく簡単なことのように人に押し付けるのだろう。

「そう思うんやったら、岡野が自分で勝手に書けばええことやろ」

俺はうんざりしながら言った。

平日昼過ぎのせいか、道には俺と岡野しかいない。今のクラスで住ノ江《すみのえ》駅を使って通学しているのは俺たちだけ。だから、なんとなく一緒に登下校することが多い。

「ほんまコウスケって、けちくさいな」

岡野にふてくされられて、俺はやれやれと坂道の先を眺めた。坂を登りきると、ちょっと大きな道に出る。その道沿いに俺の家、戸村飯店がある。

戸村飯店は親父の親父、つまり、俺のじいちゃんの代から始まった中華料理店だ。ラーメンやチャーハンが主なメニューの超庶民的なさえない店だけど、安くておいしいからそこそこはやっている。平日は常連客が集まり、土日は家族連れでにぎやかになる。

「手紙くらい、それこそお前が適当に書いたらええやん。それで十分ええのが書けるって」

俺は岡野の機嫌を取り戻そうと軽い感じで言ってみた。

「普通に手紙書いたって、どうしようもないやん」

「なんでやねん」

「なんでって、戸村先輩、どうせ卒業式にいっぱい手紙もらうやん。そんな中、目を留めてもらおうと思ったら、よっぽど気の利いたこと書いとかんとあかんしさ」

「そんなもんかな」

「そんなもんやって」

確かに岡野の言うとおり。残念なことに兄貴はモテる。世の中には、見る目のない女がわんさかいるのだ。誕生日、クリスマス、バレンタイン。小学生のころから、兄貴の下《もと》には女の子たちからどっさりとプレゼントが贈られた。今度の卒業式にも、同じようにラブレターやらプレゼントやら告白やらが殺到するのは予測できる。

「他の女の子と同じように手紙渡したって、適当に流されるやん。名前すら覚えてもらわれへんのがおちや」

「なるほどな」

手紙の数が多かろうが少なかろうが、兄貴はいい加減な人間だから、どっちみち贈り主のことなんて覚えてないだろうけど。

「そんな手紙の中に、的を射た言葉があるとはっとするやろう？　いつも見ているからこそわかる一言とか、戸村先輩が言ってほしい一言があったりすると、こいつわかってるやん、みたいに思われて、で、好印象を与えて、岡野さんって、ちょっとええかもって思われて、ほんで……」

岡野は勝手に妄想を膨らませて、ふふふと笑った。

「ほんでって、兄貴卒業したら東京行くんやで？　どうせもう会えへんくなるやん。好印象持たれても、意味あらへん」

「ええの。会えなくたって私の気持ちさえ伝われば。私のことをちょっとでも覚えてくれれば、それでええんやって」

「けなげやなあ。そんな殊勝な気持ちがあるんやったら、自分で兄貴のことじっくり観察して書けばええのに」

「あほやなあ、コウスケ。今から観察しようにも、日がないやろう？　卒業式まで一週間ちょいしかないやん。それに、私って先輩とは学年かってクラブかって違うから、めちゃ不利。あんまり先輩のことわからへんのよね」

あんまりわからへん人のことを、こんな熱心に好きになることのほうがおかしい。いや、兄貴のことはあんまりわからへんからこそ、好きになるのかもしれない。

「コウスケやったら、戸村先輩のこと毎日見てるからようわかるやろう？」

「そりゃ、あいつの弟やねんから毎日同じ部屋で過ごしてるけど、そんな仲良うもないし、あいつのことなんか、お前以上にわかってへんわ」

俺は肩をすくめて見せた。冗談抜きで、俺と兄貴は仲が悪い。兄貴に贈るべき言葉など、一つも思いつかない。

「仲良うなくたって、一緒に暮らしてるやんか。こういう言葉を書けば先輩が喜ぶ程度のことはわかるやろ？　先輩をそそるような言葉を教えてよ」

「無理無理。第一、俺、国語力ないから、兄貴のことわかったとしても、ええ言葉は浮かばへんね」

俺は顔の前で手をひらひらと振った。俺の一番嫌いな教科は国語だ。仮に兄貴のことが好きで、兄貴に興味があったとしても、それを表現するような言葉など浮かばない。

「よう言うわ。コウスケ作文コンクールで佳作もらってたやん」

「え？」

「何が、え？よ。読書感想文のコンクールでコウスケ佳作やったやろ？　それに、一年生のときだって、人権作文で奨励賞もらってたやん。先輩ほどやないけど、コウスケかって作文だけはうまいくせに」

岡野は俺をにらみつけた。そうだった。とぼけているわけではなく、本当に忘れていた。

学校の中では、俺は作文が得意ということになっていた。中学生のころから、作文を提出すると教師に褒められたし、いくつか小さな賞をもらったこともある。しかし、国語の成績は五段階で二だ。定期テストはいつだって、平均点を余裕で下回っている。人の書いたものを分析して読む力もないし、自分の頭にあることを言葉に変換することも苦手だ。

いくつかの作文で賞をもらい、教師に褒められたのは、あいつのおかげだ。人権作文も読書感想文も、俺のオリジナルではない。兄貴の書いたものだ。

兄貴は昔から要領だけはよく、作文を書くのがうまかった。読書感想文など、本を読みもせず、裏表紙に載っているあらすじに目を通すだけで書いてしまう。兄貴いわく、作文なんて、教師の喜びそうな言葉とほんの少し個性的な言葉を並べれば完璧らしい。

今年の夏、俺が佳作をもらった読書感想文は、兄貴がものの十分で作ったものだ。兄貴が選んだのは、推薦図書にもなっていた太宰治《だざいおさむ》の「人間失格《にんげんしっかく》」。「もう、ここまで有名な文学作品のあらすじを語る必要などない」という逃げの一文ではじめ、作品の内容に触れることなく、自分自身は人間失格なのか合格なのかという精神論を並べ、感想文を仕上げた。それが、自分の内部に迫った感想文だと教師たちの絶賛を浴びたのだ。

兄貴が作文を書いてくれるのは、決して弟思いだからではない。金のためだ。兄貴は、小学生のころから自分の文才に気づいていた。そして、中学生になってからゴーストライターを始めた。友人たちの作文を代行するのだ。原稿用紙一枚につき、百円。それに、成功報酬として、教師に褒められたらプラス百円。なんらかの賞をもらったら、さらに五百円せしめている。高校になってからは、原稿料はもっとはね上がった。こすい商売だけど、作文を書くのは苦手なやつが多いから、兄貴は大いに儲《もう》かっていた。特に、夏休みの読書感想文は注文が多く、兄貴は十人以上の感想文を書く。ずる賢い兄貴にかかれば、十種類以上の文体と筆跡の使い分けは、お茶の子さいさいだ。いろんなタイプの人間に成りすまし、ちゃっちゃと作文を書く。そして、その中のいくつかが賞をもらい、兄貴の懐もあったまる。俺は身内割引で高校生になってても一枚百円で書いてもらってい るけど、賞を獲得してしまうから、後で上乗せして払わなくてはならない。ばれる可能性が高くなるから、へたくそに書いてくれと言うのだけど、兄貴は金のためにはりきって書く。

「そやから、コウスケ手伝ってよ。私の先輩に対する純粋な思いと、コウスケの先輩情報と文章能力が加われば、すごいラブレターができるんやから」

純粋な思いを持っているのなら、ラブレターを書くのに他人に協力を求めたりしない。

「そんなこと言われても、俺できへんって」

「できるできる」

「そやけどさあ……」

「お願い。ね」

岡野は手をパチンと合わせて、俺の目を覗《のぞ》き込んだ。

かわいいんだな、これが。残念なことに、俺は岡野のお願いを断れない。岡野があのアホ兄貴を好きだろうがどうでもいい。とにかくかわいい。岡野が喜ぶのなら、なんでもできそうな気がする。

「まあ、ええけど」

「本当⁉　ありがとう、コウスケ。やっぱり、コウスケってええやつやよね。じゃあ、来週の木曜日にうちに来てよ。一緒に書こう。ね」

岡野は勝手に予定を決めると、「じゃあね」と手を振って、くるりと背中を向けた。

2

家に帰ると、兄貴が荷物の整理をしていた。兄貴は卒業式の次の日から、家を出て東京に行く。四月から東京の専門学校に通うのだ。

我が家は古い上に小さい。一階は店舗で、その奥に和室が一室。二階に親父たちの部屋と俺たちの部屋がある。兄貴と俺は同室。六畳の狭い和室で一緒に生活している。ここ最近は、兄貴が引越しの準備でちょこまか動くから俺まで落ち着かない。

「コウスケ、お前、もうこれいらんやろ？」

「は？」

寝転がってジャンプを読んでいた俺は顔を上げた。

「お前最近弾いてへんし、もらってくわ」

兄貴は押入れの中から俺のギターを引っ張り出した。

「勝手に決めんなよ」

「別にええやん。だいたいここに置いといても弾かへんやん」

ギターは俺の十三歳の誕生日に親父が買ってくれたものだ。最初はギターをかき鳴らす俺を親父も機嫌よく眺めていた。ところが、一ヵ月とたたないうちに、買ってくれた親父自身がギターをうるさいと怒るようになった。そもそも、親父はロックやフォークは嫌いだ。ジャカジャカうるさいだけで騒音だと思っている。日本人なら演歌を聴け。親父は古い人間なのだ。

「好きにせえや」

俺ははき捨てるように言うと、漫画に目を戻した。

「サンキュー。ま、これくらいの餞別《せんべつ》、弟やったら当然やけどな」

兄貴は勝手なことを言うと、まとめてある荷物の上に俺のギターを置いた。

「お、お前、これもいらんのちゃう?」

兄貴はまだ押入れの中を物色している。なんだかんだ理由をつけて、俺のものを持っていくつもりだ。いけ好かないやつ。どうして岡野はこんなやつに憧《あこが》れるのだろう。兄貴は確かに男前かもしれない。ごつごつした顔をしている俺や親父とは違って、小さいころからきれいな顔をしていると周りの人たちにも言われていた。要領がいいから勉強もスポーツもそれなりにできるし、口がうまいから教師の機嫌をとるのも女の子をその気にさせるのもうまい。でも、最低な人間だ。同じ家に暮らす俺はそれをよく知っている。夏目漱石《なつめそうせき》の「坊《ぼ》っちゃん」にも、ずる賢い軟弱な兄貴が出てきたけど、うちの兄貴も劣らない。

「お、このパーカーええ感じや。これももらってくわ」

「なんでやねん」

「なんでやねんって、お前、あんまり似合ってへんし。そのかわり、俺の服ほとんど置いていくし、好きに着たらええで」

本当に勝手なやつだ。とっとと好きなものを持って東京でもアメリカでも行ってくれ。俺は何も言わず、部屋を出た。

「あ、コウスケ。ちょうどええわ。出前頼むわ、柏木さん家《ち》」

店に下りていくと、お袋が岡持ちをテーブルの上に載せながら言った。夕方を過ぎて、親父も狭い調理場の中を忙しく動いている。店には顔なじみの客が二人いた。俺は、

「こんちは」と頭を下げ、岡持ちを担ぐと店を出た。

外はでっかい太陽が西の空ぎりぎりに浮かんで、家の前の通りをオレンジ色に照らしていた。ついこの間まで殺風景だった空も、少しずつ淡い色に変わっている。もう完全に冬が終わるのだ。いい季節だな。情緒なんてものを持ち合わせてない俺でもそう思う。

「よいこらしょっと」

俺はどっしり重い岡持ちを積んで、自転車にまたがった。

どんなに忙しいときでも、戸村飯店を手伝うのは俺だけだ。兄貴は長男のくせに、店に顔を出さない。自分の家の店のことをとことん避けている。高校を出たら、家を出る。東京に行って、専門学校に行って、小説家になる。ずいぶん前から、兄貴はそう断言していた。そのために、高校一年生のときから、駅前のコンビニでせっせとバイトをして金を貯めていた。作文を代筆して小遣い稼ぎをしているのも、家を出るための資金稼ぎに違いない。冬休みの間に勝手にアパートと専門学校を決め、引越しの準備を一人で進めていた。

小説を書くのに、東京に行く必要も専門学校に行く必要もないはずだ。だけど、専門的な技能を身につけなくちゃいけないし、最先端の街に行かなくちゃ新しいものが書けないとアホ兄貴は言う。もちろん、そんなのは口実だ。近場にいたら、戸村飯店を継ぐ羽目になると思っているのだ。そもそも、兄貴が小説家を目指しているということ自体怪しい。金儲けのために作文をせっせと書いてはいるけど、やつが読書をしているところなど見たことがないし、やつの国語便覧の文豪たちの写真には悲惨な落書きが施されている。ずる賢い兄貴は、わかりにくい職業を挙げれば親父たちをねじ伏せられると思っている。自分の才能を試したいと言えば、親父たちが反論しにくいと踏んでいるのだ。

「すみませーん、戸村飯店です」

玄関先で大声を出すと、柏木のおばちゃんが出てきた。

「あらまあ、コウちゃん、おおきに」

「まだ熱いから気をつけてな」

俺は岡持ちからラーメン二つと、餃子《ギョーザ》と八宝菜を取り出した。

「まあまあ、ええにおい」

「おばちゃん、なんかええことあったんか？」

「なんで？」

「ラーメンだけやないからさ」

「さすがコウちゃんやな。今朝、美和のところに二人目の子どもが生まれたんよ。遠いから会いには行けへんけど、だんなと二人でここでお祝いや」

柏木のおばちゃんは顔をしわしわにして笑った。いい笑顔だ。ラーメンでお祝いなんてださいけど、うちで作ったものがめでたい席に並ぶのは嬉《うれ》しい。

「そうか。そりゃ、おめでとう」

「ありがとう。コウちゃんもはよ結婚して、おばちゃんにお嫁さん見せてな」

「何言うとる。俺、まだ高校生やで」

俺は顔をしかめて笑った。

「そっか、そやなあ。なんやコウちゃん大きなったから、おばちゃん勘違いするわ」

柏木家には月に二回ほど出前に行く。そのたびに、おばちゃんは俺のことを大きくなったと感心する。確かに俺は大柄ではあるけど、毎月着々と目に見えて大きくなるというような芸当は身につけていない。

「おばちゃんには参るわ」

俺はよっこいしょと言いながら、岡持ちを担いだ。早く帰らないと、「どこで油を売っとるんや」と、親父に怒鳴られる。

「そうそう、ちょっと待っとってよ」

おばちゃんは帰ろうとする俺を引き止めて奥の部屋に入ると、飴《あめ》を右手いっぱいに握って出てきた。昔から俺が出前に行くと、おばちゃんは飴とかチョコを「お父ちゃんには内緒やで」と言いながらこっそりくれる。柏木のおばちゃんだけじゃない。ここら辺の人は、何かと世話を焼いてくれることが多かった。

「もう、俺高校二年やで」

「なんやの、格好つけちゃって。ええやないの」

「まあな。ありがとう、おばちゃん」

俺は飴をひとつ口に放り込んだ。

3

卒業式まで学校は部活だけで昼からは暇になるから、俺は早めに帰り昼前から店に手伝いに出た。親父やお袋に言われるわけではないけど、手伝えるときは店を手伝う。そういうものだと昔から思っていた。小さいころは、食器洗いや料理を運ぶくらいしかさせてもらえなかったけど、今では簡単な調理もさせてもらえる。

「おう、コウスケ、野菜のほう頼むわ」

親父に言われて包丁を手にする。八宝菜や中華丼に入れるための野菜を刻むのだ。ざくざくと白菜がよい音を立てる。親父は道具を大事にしている。包丁もまめに研ぐし、鍋《なべ》も丁寧に磨く。だから、店は古いけど、調理場のものはみんなきれいで使い勝手がいい。

俺が切った野菜のおかげで親父の動きがスムーズになる。息が合ってる。それを感じるのは少し嬉しい。

十二時を回って、近所の建設会社のおっさんたちがぞろぞろと入ってきた。いつもの常連さんたちだ。みんな何も注文しないけど、A定食を食べる。ご飯物とおかずとスープのセット。今日はチャーハンと酢豚と卵スープだ。

「ういっす」

俺はおっさんたちに軽く頭を下げた。

「お、なんやコウスケやないか。もう春休みか」

広瀬のおっさんが俺の顔を見て大きな声を出した。

広瀬のおっさんはすぐ近所に住んでいて、俺が小さいころからよくかまってくれた。俺を自分の息子のようにかわいがり、パチンコや競馬に連れて行っては帰りにおもちゃを買ってくれた。

「まあ、だいたい休みやな」

「ええなあ。高校生は春夏秋冬、休みがあるんやなあ」

「秋休みなんかはあらへんけど」

俺はつっこみを入れながらも、手を休めず動かす。

「そやけどなんや、ボンの方は、東京に行くらしいやないか」

広瀬のおっさんが親父に向かって言った。

兄貴は近所の人たちにボンと呼ばれている。いつからそう呼ばれるようになったのか、誰が呼び始めたのかわからないけど、店も手伝わずのんきにへらへらしているからだろう。

「ああ、わけのわからんやつやからな」

親父は鍋を動かしながら、苦笑いを浮かべた。

「確かにボンは昔から変わっとったからなあ」

竹下の兄ちゃんも言った。

竹下の兄ちゃんは、昔はバリバリのヤンキーだった。喧嘩《けんか》は半端なく強く、酒もタバコも中学のときから散々やっていた。それなのに、今は喧嘩どころか、酒もタバコも口にしない。若くして結婚し、今は娘二人の良きお父さんなのだ。

「そやけど、おやっさんはコウスケがおるでええわな。わしのところの息子もコウスケみたいに働いてくれたらええけど、口ばっかりでぜんぜん動きよれへん」

広瀬のおっさんの言葉に、

「コウスケかって、まだぜんぜん使い物にならんわ」

と、親父は照れくさそうに言った。

「贅沢《ぜいたく》言いよる。親父のハードルは高いわな。そやけど、コウスケ手際よくなったやないか」

「そうか？　まあ、慣れやな」

「ボンのほうが器用に見えるのに、人は見かけによらんのやな」

俺もおっさんと同感だ。

兄貴は不器用で料理なんかできないことになっているけど、絶対にうそだ。そもそもやつは器用なはずだ。技術の授業で本棚を作ったときも、あまりにうまくできたせいで図書室に寄贈させられていたし、夏休みの自由研究でもこまごましたものを作っていた。店を手伝いたくないから、不器用なふりをしているだけだ。

親父は小さなころから俺や兄貴に包丁を握らせ、玉ねぎやジャガイモを切る練習をさせた。単純な俺は親父に褒められるのが嬉しくて、一生懸命包丁を使う練習をした。器用ではないけど、練習すればしただけ包丁使いは上達した。だけど、兄貴はまるで上達しなかった。包丁を握っては指を切っていた。わざとに決まってる。幼いときから兄貴は将来のことを計算していたのだ。そのうち、親父も兄貴には包丁を握らそうとさえしなくなった。

「はい、できたで」

俺はカウンター越しにおっさんたちにチャーハンを渡した。

「いただきます」

おっさんたちは勢いよく親父の作ったものをかきこむ。今更、「うまい」などと感想を漏《も》らす人はこの店にはいない。おいしさ以上の当たり前のものが、親父とおっさんたちの間にはある。これだけ躊躇《ちゅうちょ》なく料理をほおばってくれる姿を見ると、気持ちがいい。

おっさんたちが食べ終わりかけたころ、朝からバイトに出ていた兄貴が帰ってきた。店に入った兄貴は、おっさんたちを見て一瞬まずいという顔になった。兄貴は常連客がいるとき、店を通ることを好まない。だけど、不幸なことに我が家は店の入り口以外、出入り口がない。

「ボンやないか、久しぶりやな」

こっそり部屋に上がろうとしたのに、兄貴は竹下の兄ちゃんに見つけられてしまった。

「お、兄ちゃんやん。いらっしゃい」

愛想だけはいい兄貴は、人なつっこい顔で笑った。

「ボン、今みんなでお前の噂《うわさ》しとったんやど」

広瀬のおっさんが言った。

「ほんま？　おっさんら、いらんことばっか言うから参るわ」

兄貴は肩をすくめた。

「ええからボン、ここに座れや」

広瀬のおっさんは自分の隣の席を兄貴に勧めた。早く部屋に戻りたいくせに、外面《そとづら》のいい兄貴はにこにこしながら、おっさんの隣に座った。

「あんまり見んうちに、ボンもでかくなったな」

「言うても、俺も高校卒業やからな」

「ほんまやなあ。そやけど、ボンはコウスケと違って店に顔も出さへんから、いくつなんかも忘れるわ」

「ボン、店も手伝わんと女の子と遊んでばっかいるんちゃうか？」

竹下の兄ちゃんがからかった。

「そやそや、わしもボンがどえらいかわいい女と歩いてるところ見たで」

「モテる男はつらいのう」

兄貴はおっさんたちの話を「そんなことあらへん」と、軽く否定しながら聞いていた。

「それはそうと、なんや、ボンは東京に行くんか？」

広瀬のおっさんが訊いた。まずいことを知られたかのように兄貴の顔が少しこわばった。

「まあ、そやな」

「そやなって、お前、東京なんか行って何するんや」

「別に何するってこともあらへんけど」

「なんもないのに、わざわざここ出て、あんなところまで行くんか」

「まあな」

「そりゃおかしいわなヘイスケ。なんもあらへんのに家を出て行く必要なんかあらへんのちゃうか」

これはやばい。広瀬のおっさんはいい人だけど、酒が入ってなくても絡んでくる。おっさんが兄貴のことをボンではなく、ヘイスケと呼ぶときはいいことが起きたためしがない。

「そうやけど、とりあえず行ってみようかな思て」

「何がとりあえずや。そやからお前はボンや言うんや」

「そやな」

兄貴は事を荒立てないように素直にうなずく。

「お前はほんまに気楽なボンや。何から何まで弟に任せて、兄貴の名がすたるわ」

「そやな」

「店ほっぽって用もないのに東京行くなんて、何をどう考えとるんや」

おっさんの声が荒くなって、お袋が心配そうな顔になる。竹下の兄ちゃんたちも、やれやれという表情を浮かべている。弱ったな。兄貴が責められるのはどうでもいいけど、この空気は参る。俺はぱちんと大きな音を立てて手を打った。

「そや、おっさん、そんな話どうでもええわ。それより、春休みにまた甲子園連れてってえや。今年はPLめっちゃ強いらしいで」

「そうなんか？」

怒り心頭しかけていたおっさんは、俺のほうに顔を向けた。

「そやそや。なんやピッチャーがめちゃええらしいわ。今年は久々に全国優勝も狙《ねら》えるかもしれん」

「そうか、そりゃ見に行かなあかんな」

単純なおっさんの頭の中からは兄貴のことなど消え去り、すっかり野球一色になった。

「ありがとう、コウスケ」

お袋が一段落した店の中を片付けながら言った。

「何がや」

俺は不機嫌な声を出した。兄貴のことで礼なんか言われたくない。

「何がってほら」

「いちいちどうでもええことで、礼なんか言わんでええ」

「まあ、そんな顔せんと。コウスケもヘイスケとあと少ししか一緒におれんのよ」

「そやからどないやねん」

「そやからってわけでもないけど」

そやからちょっとは兄貴と仲良くしろと言いたいのだろう。お袋は兄貴に甘い。どうして勝手に出て行く兄貴に、気を遣わないといけないのだ。俺はしかめた顔のまま、黙々とテーブルの上を拭《ふ》いた。

4

兄貴と仲が良かったのはいつまでだろう。そもそも仲が良かったときなんてあったのだろうか。俺は、自分の机の上を片付けている兄貴をぼんやり眺めた。廃品回収にでも出すのだろう。教科書や参考書をどんどん紐《ひも》で結んでいる。兄貴は物を捨てるのが平気だ。手当たり次第になんでも片していく。卒業まであと二日。三日後には兄貴が出て行く。だけど、兄貴が出て行くことを寂しいとはまるで思えなかった。

とにかく、明日には岡野の家に行って、兄貴の心を揺らすような言葉を提供しなくてはいけない。俺は兄貴の動きを目で追いながら、少しまじめに兄貴のことを考えてみた。しかし、兄貴がどんな人間なのか、何が好きで何に興味を持っているのか、情けないくらい浮かばなかった。愛想を振るうことが上手で外面がいい。不器用なふりをして、小説家を目指しているふりをして、この店から出て行こうとしている。それはわかる。でも、本当の兄貴がどんな人間なのか、知らなかった。ひとつしか年が離れていない兄弟なのに、兄貴のことを理解できない。こんな狭苦しい部屋で一緒に暮らしているけど、会話らしい会話なんてほとんどしない。大きな喧嘩をしたわけではないのに、いつからか必要最低限の言葉しか交わさなくなっていた。

「お前はなんで東京行く?」

俺はぼそりと兄貴に向かって言った。

「は?」

突然声をかけられた兄貴が、怪訝《けげん》な顔をこっちへ向けた。

「お前、なんで東京に行くんや？」

「何を今更。小説家になるからやって言うてるやん」

「うそつけ」

「ほんまや」

「小説なんか書いてどうする？　意味あるんか？」

「意味は大ありや。ペンは剣より強いんやで」

兄貴はおどけて言った。人を見くびったように軽口をたたく。俺は兄貴のそういうところが昔から嫌いだった。

「あほちゃうか。ペンなんかでなんもでけへんわ」

「ほんまお前は無知やなあ。言葉で人を幸せにすることも、人を殺すこともできるんやで。しかし、そう思ったらボールペン作った人はノーベル賞もんやな」

あほらしい。兄貴の言うことは、いつも口先だけのでまかせだ。

「ボールペンが剣に勝てるわけないやろ？　文章で誰かをじわじわ傷つけることはできるかもしれんけど、殺すことなんかでけへん。そやけど、包丁なら一発でやれる。大切なものを守るためには、ペンではどうしようもない。お前の言うことはいつも非現実的や」

「なんや、コウスケは大切なものを守るために包丁を持ってんの？　この二十一世紀に？　ニラ切るためやなかってんな。こりゃまた物騒や」

兄貴がへらへらと言った。

「料理をあほにすんな。ペンではおなかいっぱいにならへんけど、包丁でニラ切っとったら、とりあえずおなかは膨らすことができるわ。腹の足しにならん文章書くより、餃子やチャーハン作るほうがよっぽどえらいんや」

俺の言葉に兄貴は「なるほど」と、大きくうなずいてから、

「親父も同じこと言うとったわ。やっぱ、戸村飯店はお前が継ぐべきやな。思想まで同じやねんから」

と言った。

俺の頭の中がカチンとなった。

こうなった今、俺が店を継ぐのは仕方がないことだと思っている。いや、もっと前から店を継ぐのは兄貴ではなく俺だと感じていた。だけど、家を勝手に出て行く兄貴にそんなことを決め付けられたくはなかった。

「ほんまは先に生まれたやつが責任持たなあかんのちゃうんか？」

「先に生まれたやつ？」

「お前に決まっとるわ。なんでお前はなんもしようとせんのや」

俺の語気は強くなった。今までずっともやもや思っていたことが、初めて言葉になって出てきた。

どちらが家を継ぐのかなんて話を、俺と兄貴はしたことがなかった。自分たちの店について一度も話したことがない。それなのに、店を継ぐのはいつの間にか俺という流れになっていた。店を継ぐことは悪いことではない。それでいいと俺も覚悟をしている。だけど、完全に納得できているわけではない。どこかで釈然としないものがある。

「別になんもせんことはない。お前が知らんだけで、俺かって見えへんところでいろいろ責任取ってるんやで」

「はあ？　あほ言うな。責任取ってるやつが、家出て行くわけないやろ」

「先に出て行けるのって長男の特権やん。一つくらい特権あらへんと、長男なんかやってられへん」

何一つ長男らしいことをしてこなかった兄貴が言った。

「そやったら、次男の特権はどこにあるねん」

持ち物は兄貴のお下がり。ひとつしか年が変わらないのにえらそうに言われる。その上面倒なことまで押し付けられて、次男は損なことばかりだ。

「なんでや。大きな特権があるやん。先を見て学べる。それこそが次男の特権や」

「お前見て学ぶことなんか、一つもあらへんわ」

「俺が成功したらまねしたらええし、俺が失敗したら違うやり方をしたらええ。なんとも楽チンやん。ほんまコウスケがうらやましいわ。俺も兄貴がほしいねえ」

「ぼけたれ！」

俺は手近にあったジャンプを思い切り兄貴の頭に投げつけた。至近距離から投げただけあって、ジャンプは兄貴の頭の真ん中に命中しゴンという鈍い音を立てた。

兄貴は「いて」と声を上げたきり、反撃することもなく黙り込んでしまった。よっぽど痛かったのか、うつむいたきり動かない。気にはなったが、俺は素知らぬ顔をして自分の机の前に座った。自業自得だ。少しは痛い思いをすればいい。俺が意味もなく机の上を片付けていると、ようやく兄貴が顔を上げた。

「俺ってやっぱ勝手なんかな」

兄貴はぼそりと言うと、よろよろとジャンプを拾い上げて俺の机の上に置いた。

「何がや」

「長男やのに、面倒なことお前に押し付けて、ここ出て行くなんてさ」

兄貴らしくもない台詞《せりふ》。

「そやったら、やめとけよ」

俺は鼻で笑ってから、そう言ってやった。

「お前、本当のとこはどうなん？」

兄貴は俺の言葉には答えず、そう訊いた。

「何が？」

「この店継ぐの、どう思っとる？」

「別に、どうも思ってへんわ」

「どうも思ってへんことないやろう？　このまま家にいて、親父のあとを継ぐのって嫌やとか、やっぱり継ぎたいとかあるやろう？」

「さあな」

「さあなって、どやねん」

「そりゃ、兄貴みたいに勝手気ままにできればええけど、普通の神経じゃ、親父の店つぶせへんやろ？」

「そっか。そやな」

兄貴がしんみりした顔になった。こんな神妙な兄貴を見ることはめったにない。頭の打ち所が悪かったのだろうか。不思議そうに俺が顔を眺めていると、兄貴は、

「ま、普通の神経やないから、俺って小説家になれるんやな」

と、にやりと笑った。

5

「あいつ小説家になりたいらしいから、その辺のことをすごいですねえとかって、書くやろ」

「うんうん、それで？」

岡野は目を輝かせながら俺の言うことをいちいちメモする。

「あと、ギター持って行くから、ギターっていいですよねえ、みたいなことで話を合わせといて」

「なるほど、ええね。それで？」

「それでなあ……」

岡野の手作りクッキーをほおばりながら、俺は兄貴に贈るべき言葉をせっせと考えた。

クッキーは小麦粉を入れすぎているのか焼きすぎているのか、硬くて粉っぽい。岡野が作ったのでなかったら、とても食べられるものじゃない。

「他にはないの？」

「他になあ……」

コーヒー牛乳でクッキーを流し込み、兄貴のことを一生懸命思い出す。欠点ならいくらでも出てくるけど、気の利いた言葉は何一つ出てこない。

「ちゃんと考えておいてって、言ったのに」

岡野は膨れながら自分が作ったクッキーではなく、俺が持ってきた大学芋を口に入れた。残念ながら、岡野お手製クッキーより、俺が作る戸村飯店特製大学芋のほうが断然うまい。

「ごめん。俺ほんまに兄貴のこと知らんねん。いくら考えてももう浮かばへん。これが限界や」

「本気で?」

「ああ、めちゃ本気」

俺が降参して両手を挙げると、

「なんかそれって、かわいそうやね」

と、岡野は同情するように眉《まゆ》をひそめた。

「そうか?」

俺は両手を挙げたままで首をかしげた。兄貴のことを知らない自分を、悲しく思ったことなど一度もない。

「そうやよ。私、妹とそんなに仲がええわけやないけど、妹のことやったらいくらでも思い出せる」

「そんなもんなん?」

「そりゃそうよ。一緒に住んでるんやもん。必死で考えんでも、だいたいわかるわ」

世の中の兄弟はそんなものなのか。だったら、俺はどうして兄貴のことをこんなにもわからないのだろうか。俺があまりにも無関心なせいなのか。それとも、兄貴がわかりにくい人間だからなのか。あれこれ考えていたら、兄貴の書いた作文がぽかりと浮かんだ。この夏、俺のふりをして書いた「人間失格」の読書感想文。

「僕も主人公と一緒だ。僕だって、生まれてきてすみませんと思っている。人間失格とまではいかないけど、この家の、この町の人間としては、失格なのかもしれない」

兄貴は俺の感想文の中でそう言っていた。

夏休みに読んだときには、わけのわからない気取った文章だなと思っただけだった。いかにも教師受けしそうな兄貴が書きそうな感想文だ。そう感じただけだった。だけど、それだけじゃない。

いつからだろうか。なぜだろうか。同じ町に生まれて、同じ家族の中で育っているのに、兄貴を取り巻くものと俺を取り巻くものは違っていた。

親父は俺には手も足も出して本気で怒るけど、兄貴には声を荒げて怒鳴ることをしない。お袋は兄貴を大事にしているけど、困ったことが起きると兄貴ではなく俺に頼る。電球を替えるとき、ゴキブリが走ったとき、兄貴の名前ではなく俺の名を呼ぶ。もちろん、俺も兄貴も正真正銘の親父とお袋の子どもだし、俺も兄貴も同じように愛情を受けて育っている。だけど、合う合わないはある。血がつながっているからといって、趣味や考え方が一致するとは限らない。

俺と親父がキャッチボールをしているとき、兄貴はサッカーをしていた。俺と親父がテレビにかじりついて阪神タイガースを応援しているとき、兄貴は素知らぬ顔をして一人で漫画を読んでいた。俺やお袋が吉本新喜劇を見てげらげら笑っているのを、兄貴はきょとんとした顔で見ていた。俺やお袋はお好み焼きやたこ焼きをおやつ代わりに食べるけど、兄貴は粉物は苦手だ。俺たちは広瀬のおっさんたちが店に来ると喜んだけど、兄貴はおっさんたちの乱暴な物言いにいつも戸惑っていた。

親子だから兄弟だからって、好きなものが一緒というわけではない。折り合いが合わないものも、波長の違いもある。自分の生まれた場所に、自分が存在する場所に、違和感を覚えるのはどんな感じだろう。兄貴は小学生のころから、もくもくと小遣いを貯めていた。なんのために、どんな思いで、そんなことをしていたのだろうか。

「ねえ、考えてるの？」

岡野は俺の顔を覗き込んだ。

「え？」

「先輩のこと、考えてくれてんの？」

「ああ、考えてる。すごい考えてる」

俺は岡野の手からペンを取った。兄貴に言いたいこと。ゼロではない。

6

出発の朝。兄貴の友人が軽トラに乗ってやってきた。俺たちの力は借りず、友達の軽トラで兄貴は東京まで行ってしまう。昨日の卒業式はうっすら煙った細い雨が降っていたのに、今日はきれいに隅々まで晴れている。昨日雨が降った分、空の水色も透けて見えそうだ。

「何から何まで勝手に決めて」

お袋はぶつぶつ言いながらも、先頭に立って兄貴の荷物をトラックに積み込んだ。お袋があれもいるだろう、これも持っていったほうが便利だと、いろんなものを詰め込んだせいで、小さな荷台はすぐにいっぱいになった。

勝手に出て行けばいいと無関心を装っていた親父は、分厚い封筒をお袋から兄貴に渡させた。きっと金が入っている。我が家の財政からしたら、ずいぶんな金額のはずだ。

兄貴はいつもの調子で「晴れてよかった」だの「東京着いたら、東京ばな奈送ったる」だの、どうでもいいことをへらへらと話しながら荷物を積み込んだ。

もともと荷物というほどの物もなかったし、兄貴が前々から片付けていたから、出発の準備はあっけなく終わった。

「ほんじゃ、そろそろ行くわ」

最後に俺から横取りしたギターをトラックに載せると、兄貴は近所のスーパーにでも行くような調子で言った。あっさりしたものだ。さすがにお袋は目を赤くしていて、親父は硬い表情をなおさらこわばらしていた。

「いややなあ、そんな暗い顔せんといて。宇宙に行くわけやあらへんのに。まあ、また連絡するやん」

兄貴は軽く笑いながら、トラックの扉を開けた。家を出て行くというのに、改まった言葉を述べる気はないようだ。俺は何も言わず、兄貴やお袋や親父を見つめていた。

少しは寂しさや不安を感じているのだろうか。それとも、すっきりした気持ちでいるのだろうか。もしかしたら後悔をしているのか。兄貴の表情はいつもと変わりなく、何を考えているのかさっぱりわからなかった。

「そや、俺、書くとしたらパソコンで書くで」

兄貴が突っ立っていた俺に向かって言った。

「なんのことや？」

「わけわからん手紙の最後に、鉛筆でも包丁でも持つものはなんでも一緒だと思うよ、がんばって、みたいなこと書いとったやろ？」

岡野の手紙だ。

昨日、予想どおり兄貴は数え切れないほどの手紙やプレゼントを女の子からもらっていた。そんな中、もう岡野の手紙に目を通したのだろうか。

「いまどき、鉛筆は使わへんな。もし仮に小説書くとしても、パソコンやろ」

俺は何食わぬ顔をして兄貴の言葉を聞いていた。

「お前もさ、本気で包丁より持ちたいものができたら、言うてくれ。長男の責任はミジンコ程度はあるつもりやから」

「意味わからへんわ」

「そやろな。お前、国語力ゼロやから」

兄貴はにやりと言い捨てると、軽トラに乗り込んだ。

やっぱり兄貴はいけ好かないやつだ。何を考えてるかさっぱりわからない。ただ、排気ガスをたっぷり吐き出して軽トラが走り去ったとき、寂しい。俺は確かにそう思った。

第2章

1

つかめ、ドリーム・アンド・ハート
進め、フューチャー・アンド・サクセス
そうさ、ステージはいつもここから　花園総合クリエータースクール
夢と希望の花園

キャッチーでポップな歌が、毎朝八時五十分から十分間流れる。花園総合クリエータースクールの校歌だ。校歌といっても、高校や中学校のような堅苦しい雰囲気はなく、どこかのスーパーでエンドレスでかかっているような歌。現在売り出し中という卒業生が作詞作曲を担当し、現在ミュージックシーンで活躍中だという一度も名前を聞いたこともない卒業生が歌っている。すごく安っぽい歌なんだけど、毎朝聞いているうちにすっかり覚えてしまって、今では家で掃除をしているときにもふと口ずさんでいたりする。

花園総合クリエータースクール。専門学校っていうものを東京に出てくるまで見たことなかったけど、想像していたものとはまるで違う。ピカピカのビルの三階と四階に入

っていて、とてもおしゃれ。学校というよりどっちかっていうと英会話教室のノリ。

花園総合クリエータースクールには、三つの学科がある。コミック学科、声優学科、そして俺が所属するノベルズ学科。コミックとノベルズが同じ専門学校内にあるのは、八十歩譲ってわかるけど、声優学科が並立にあるのは不思議だ。物語を作ることと、アニメ声を出すことの共通点がいまいちわからない。

小説家志望者が集まるノベルズ学科は、生徒が二十一名いる。募集人員五十名とパンフレットには書いてあったけど、教室の大きさは三十名入ったら十分ってところだから、まずまず集まったんじゃないかな。ノベルズ学科とコミック学科は三階を使い、意外なことに一番人気の声優学科が四階のフロアをまるまる使っている。声優になりたいやつなんてアニメオタクの集まりかと思ってたら、ちょっと違う。かわいい子もおしゃれな子もノベルズ学科よりずっと多い。こんなことなら、声優を目指しておいたらよかった。声優なんて小説家よりもっと親父たちにはピンとこないだろうけど。

さすが小説家を目指しているだけあって、ノベルズ学科には変わってるやつが多かった。高校でも文芸部に入って小説を書いてたやつがクラスにいたけど、それ以上に変。わざわざこんな学校に来ちゃうわけだから、ひそかに書いているやつよりパワフル。とことん理屈っぽいやつ、別世界に飛んじゃっているやつ、どう話しかけたらいいかわからないようなオタク、必要以上におどおどしたやつ。普通のやつも半分弱いるけど、

「変わってることがいかしてる」って空気が教室内におおっぴらに流れているから、高校の教室とは雰囲気も聞こえる会話も違う。

やっぱり、ここでもうまくやっていけないかもしれないな。通い始めて三日。俺はすっかりあきらめモードに入ってしまっていた。

小、中、高校。俺の通知簿の所見欄には、「順応性があって、誰とでも協力して仲良くできます」とか、「誰とでも気が合い、みんなに慕われています」って、お決まりのように書いてあった。まったく教師って表面しか見ていない。そりゃ、TPOをわきまえてるから、学校って場ではそこそこうまくやろうと努力はする。だけど、自分自身で「お、今、俺って順応してるねえ」なんて感じたことは一度もないし、ぴったりはまってると感じる場所にいた経験など生まれてこの方ない気がする。

だけど、花園クリエータースクールが戸村飯店と決定的に違うのは、俺と同じように居心地の悪さや、不安を抱いているやつが他にもいることだ。「なんか、へんなとこに来ちゃったな、僕」みたいなやつがちゃんといる。

全ての人が阪神タイガースをこよなく愛し、吉本新喜劇で爆笑し、オチがない話をすると、「それがどないしたん」と、戸惑われてしまう町。巨人を応援しようものなら、「お前は関西人の風上にもおけん」と、怒鳴られ、ちょっとおとなしくしてたら、「なんやすまして、ええ格好しいや」と、言われる町。すべてのことが筒抜けで、みんなが身内の人情たっぷりの町。あそこに比べたら、花園クリエータースクールノベルズ学科は普通の場所かもしれない。

2

「おいっす。今日の一時間目って、なんだったっけ？」

教室に向かって歩いていると、古嶋が声をかけてきた。

チャンスあれば、「俺が世界中を感動させる物語を生み出すんだあ」と、夢を語り出したりするとこはやばいけど、女子の目を意識した格好をしている普通のやつだ。

「えっと、なんちゃら構成なんちゃら講座ちゃうかったかな」

俺が答えると、近くにいた家城《いえき》さんがくすくす笑った。

「なんちゃら構成なんちゃら講座って、結局、何か全然わからないじゃん」

「まさに関西人のノリってやつだね」

古嶋も笑う。

「なんでやねん。こんなん、関西人のノリちゃうって。とりあえず、自分のわかる範囲で答えようという俺の努力と優しさやん」

俺の答えに、またみんなが笑う。古嶋は生まれも東京だし、家城さんも関東の人だ。

そのせいか、関西弁をしゃべるだけでけたけた笑われる。これぐらいで驚くなら、戸村飯店に来たらみんなぶっ飛ぶはずだ。なんでやねんも、ベタなギャグも溢《あふ》れている。なんでやねんが生で聞けちゃったという報告を家城さんから聞いた岩見さんが、「え、私聞いてないよー。戸村君もう一回言ってよ」と、頼んできた。

「はいはい。なんでやねん、なんでやねん」

家城さんと岩見さんは、ノベルズ学科の数少ないきれいにしているおしゃれな女子だ。俺はサービスしてなんでやねんを連呼してやった。


専門学校はもっと自由でいい加減なものかと思っていたけど、土日以外毎日授業があって、「小説基礎講座」「現代文芸基礎I」「キャラクター構成基礎講座」「ストーリー構成応用講座」など、ややこしい名前の講座が多様にある。こんなにたくさんの講座名を考えた経営者には頭が下がるけど、どの講座も結局同じようなことをやってる。真剣にやれば一ヵ月でクリアできそうな内容を、二年間かけてだらだら行うのだ。専門学校での日々がそんなものだということは、パンフレットを読んだ時点で推測できた。それなのに、俺がこの学校を選んだ理由。それは、一ヵ月たって自分に合わないと思ったら、入学金返金で辞めることが可能だったからだ。

高校三年生の夏、花園総合クリエータースクール以外にも専門学校のパンフレットをいくつか取り寄せた。とりあえず安い学校を探したかった。ところが恐ろしいことに、どのパンフレットにも、「いかなる理由が発生しても入学金・授業料の返金は一切行いません」と目立たないようにしっかりと書かれていた。いかなる理由って、いったいどんな理由が平和な専門学校で発生するのかは不明だけど、怪しい通信販売みたいで不親切だ。そんな中、花園総合クリエータースクールのパンフレットには、「まずは一ヵ月がんばってください。一ヵ月真剣に自分の夢に近づいてみてください。一ヵ月やりきって、もし当学園が合わないと感じたら、入学金を全額返金します」と、とても良心的なことが書いてあった。もともとすぐに辞めてやろうと思っていた俺には、このうたい文句はありがたかった。

俺は小説家を目指したことはなかった。そもそも将来なりたいものなんて一つもなかった。警察官やパイロットに憧《あこが》れたこともなければ、公務員にも青年実業家にもなりたくなかった。ただ、早く大人になって家を出たい。早く違う世界に行きたい。小さいころから、それしか俺の頭にはなかった。

「ヘイスケはそこそこできるんやから、大学行って好きなこと探すのもええぞ」

高校のとき、進路面談で担任の山田は言った。

まさに、山田の言うとおり。俺はなんでもそこそこだ。これといったものが一つもなかった。特技もなければ、信念もなかった。

お袋も、

「家のことは心配せんと、大学には行けばええのに」

と、言った。

大学というのが、自由で風通しのいい魅力的な場所だというのは知っていた。でも、目的もなく大学生になるのは甘えている。俺は、家を出たいのだ。大阪を脱出できたとしても、大学に行って親に甘えてたんじゃ、家を出たことにはならない。

なんでもそこそこの俺だけど、昔から文章を書くのは得意だった。短く言葉を切って畳み込むように書く。理屈っぽく傾かないように注意して、思春期ならではの極端に率直な言葉をここぞって場面で使う。それで、教師は褒めてくれた。要領かましてただけだけど、作文では必ずなんらかの賞をもらっていた。だから、親父もお袋も俺の文才だけは認めていた。

大学にも行かず、やりたいこともないくせに家を出る。そんなむちゃなことを通すのに、この特技は使えた。ただ家を出られさえすれば、なんでもよかったのだ。

一時間目は「キャラクター構成発想講座」だった。キャラクターを構成するための発想力を養う講座。

「えっと、今日はキャラクターの履歴書を作ってみましょう」

講師の岸川先生はそう言って、市販されているごく普通の履歴書を配った。

「各誌でひっぱりだこのライターである」と講師紹介に載っていたけど、岸川先生にそんな雰囲気はない。茶色にカラーリングした髪の毛はすそで軽くパーマがかかり、すらりと背が高い。きっちりしたグレーのスーツを着ているせいか、ただのＯＬに見える。陸上でもやっていたのか、ふくらはぎから足首の筋肉は無駄がなくきれいだ。スーツじゃなくて、他の講師みたいに独特な服装をすれば、まだ芸術家っぽい感じがするのに。

そんなことを考えながら、俺は履歴書を受け取った。

「自分で作ったキャラクターで、履歴書を埋めてください」

岸川先生はそう言ったきり、教卓の椅子《いす》に座った。アドバイスする気も、何かを教える気もないのだろう。なにやら資料を読み始めた。

ビルの中の教室は、蛍光灯のおかげで必要以上に明るい。小さい窓から入る日差しを完全に無視した明るさは、病院みたいで息苦しい。四月は始まったばかりで、春はまだ東京には浸透しきってない。早く一ヵ月たたないかなあ。しんとした教室に、文字を書く音だけが響いている。周りを見回すと、古嶋も家城さんもみんな必死で履歴書を記入していた。一ヵ月。そう、たったの一ヵ月。それぐらい無駄にしたって、どうってことない。戸村飯店の十八年に比べたら一瞬だ。

とりあえず、俺も履歴書に向かった。

まずは、名前。知っている人の名前を無断で使うのは気が引けた。でも、十八年も生きていると、数々の名前が頭にインプットされてしまう。俺のいた高校はマンモス校で、生徒数も多かった。知らない名前となると難しいなあと考えてみると、単純な名前が浮かんだ。田中太郎。とりあえず周りにはいない。年齢は俺と一緒で十八歳。写真を貼る欄には適当な似顔絵を描き、住所はアパートの住所はまだ覚えてなかったから、戸村飯店のにしておいた。学歴欄は自分が通っていた学校。野川幼稚園に始まり、野川高校に至る。職歴は十八歳だから、コンビニでのバイトくらいかな。実際俺もローソンで働いてたし。趣味は野球。男子はだいたい野球好きだ。特技は、俺はてるてる坊主を作るのは昔から上手だったけど、そんなの特技にならないし、まあギター。長所は明朗活発。短所は短気なところ。志望動機？　何に当たっての動機なのだ？　意味がわからなかったから、良い経験になると思ったからです、一生懸命がんばります、と書いておいた。野球が趣味で、明朗活発で短気。出来上がってみると、コウスケそのものだ。単純でわかりやすいやつ。

周りを見渡してみると、みんなまだカリカリ書いていた。どこかにまだ書く欄があるのかと裏を向けてみたけど、何もない。やることがなくなった俺は、退屈しながらも持ち前の順応性を発揮してしばらく静かに待ってみた。だけど、みんな一向に終わる気配がない。いくらなんでもこれ以上時間をつぶせなくなって、仕方なく先生に、

「終わりました」

と、告げた。

「え?」

何かに目を通していた岸川先生が顔を上げた。

「できました」

俺は履歴書をひらひら振った。

「えっと、じゃあ、待ってて。三十五分になったら、みんなの作品を発表するから」

三十五分? 俺は時計を見上げてぎょっとした。あと二十分もある。履歴書書きは導入に使われるもので、そのあとで何かするものだと思っていた。まさかこれに一時間使うんだ。やれやれだ。

「何をしておいたらいいですか?」

「そうねえ。自由にしててくれたらいいわ」

履歴書以外に何も課題を用意してないのだろう。自由にってなんやねんと、つっこみたくなったが、先生を困らせても仕方ない。俺は駅で取ってきたアルバイト情報のフリーペーパーを開いた。

作文書きとコンビニのバイトで貯めたお金は、入学金と引越し費用でほぼ吹っ飛んでしまった。親父が家を出るときにくれた封筒には金が入ってるはずだけど、使うつもりはない。入学金は辞めれば戻ってくるにしても、これから東京で暮らすのに生活費がいる。家賃も食事代も光熱費も、やっぱり東京はなんでも高い。早いところ、アルバイトを探さなくてはいけない。何がいいかな。フリーペーパーにはたくさんの情報が載っていた。コンビニのバイトはもう飽きたし、引越し屋は体力要りそうだからだめだな。工場は根性要りそうだし、パチンコ屋はうるさいだろうなあ。そうなると結構難しい。近くて時給がよけりゃなんでもいいにしないとなと思いながら、ページをめくっていると、ようやく、

「じゃあそこまで。後ろから回収してください」

という岸川先生の声が聞こえた。

「では、何枚か紹介していきましょう」

先生はそう言って、みんなが書いた履歴書を一枚ずつ前に貼り出した。

「最初は林君ね」

林君。一番前に座っている眼鏡の男の子だ。高校を出てすぐにここに来たって言うから、俺と同じ年のはずなんだけど、童顔で幼く見える。

「えっと、名前は、フランドル香里《かおり》。年齢は未詳。住所はナポレオン州」

おいおいおい、フランドル香里っていったい何人なんだ。ナポレオン州なんかどこにあるねん。俺が度肝を抜かれている前で、ぶっ飛んだ履歴書を先生は淡々と読み上げた。

かなりおかしいはずなのに、誰も笑わない。「へー」という感心する声すら聞こえる。

「想像力豊かでしたね。では、次は、山下君の履歴書を紹介しましょう。名前はターボ斉藤」

俺はここで思わず笑ってしまった。どうしてみんな半分カタカナの名前なのだろう。

山下作のターボ斉藤は、宇宙刑事のようで、幼少のころからゴルゴ13に弟子入りしてたらしい。その後も何人かの履歴書が紹介されたが、みんなどこかの星の人間だったり、年齢が不詳だったり、特殊な能力を持ち合わせていた。そっか。こういうキャラクターを作ればよかったんだな、と気づいたとき、俺の順番になった。

「じゃあ、戸村君の」

そう言って、岸川先生が俺の提出した履歴書を手に取った。やばい。俺のはなんの面白みもない。恐ろしくまじめに書いてしまった。この授業の意図を何も理解していない。慌てた俺は、

「いやあ、俺、普通に書いちゃってん」

と、思わず言い訳までしてしまった。

「名前は田中太郎」

岸川先生が読み上げると、そこで何人かがうけた。

「十八歳で、野川幼稚園卒、野川小学校卒、野川中学校」

と、先生が読み進めるうちに、くすくす笑い声が聞こえた。長所と短所と志望動機を読み上げたときには、手を叩《たた》いて爆笑するものまでいた。

「っていうか、さすが戸村、関西人だねえ」

「マジうける。ありえなくない？」

「戸村君おもしろすぎ」

「ここで、こういう普通の履歴書持って来るあたり、やるよね」

「ベタで持ってきたねえ」

みんなの笑いのポイントはさっぱりわからない。別にベタな笑いを狙《ねら》ったわけでもない。

「いやあ、参ったな」

俺は頭をかいてみせた。

「すごいお得なお店なんだよ。きっと戸村君も気に入ると思うよ」

家城さんが言った。

昼休み。今日はリッチにコンビニ弁当じゃなくて、外に食べに行こう、金曜日だしね、と女子に誘われて、なんとなく断れずに古嶋とともに付いて来てしまった。何曜日だろうと、俺は金欠なんだけど。

家城さんに連れられてきたのは、温かい感じが漂う木造の小さなお店だった。

「へえ。良い感じのレストランやねえ」

俺が褒めてみると、

「カフェだよ。カフェ」

と、岩見さんが言った。

どっちでもええやん。ってか、どう違うねん。と思ったけど、岩見さんはかわいいから、

「そっか、カフェっていうんや」

と、感心しておいた。

「じゃあ、日替わりランチ四つでいいよね？」

メニューを手にする間もなく、家城さんがさっさと注文してくれた。とにかく日替わりランチがすごくいいんだって、と言うのだから、間違いないのだろう。

しばらくすると、鶏の照り焼きとひじきの煮物とゴマが振ってあるご飯とレタスときゅうりだけのサラダがのったプレートが出てきた。それに玉ねぎが少しだけ浮いたコンソメスープとドリンクがついて、千円。

「ね、すごい安いと思わない？」

家城さんが言って、岩見さんはうなずいた。俺は驚いて、皿の中をもう一度眺めてみ

た。これが安いって言えるってことは、この二人はもしかして今噂《うわさ》のセレブなのだろうか。

「メインは煮魚とか毎日いろいろ変わるんだけど、この付けあわせがいいんだよね。切り干し大根とか、だし巻き卵とかがつくんだ。家庭的だし、ヘルシーでしょ？」

家城さんに迫られ、俺は「ほんまに」とうなずいたけど、こんなのせいぜい七百円だ。戸村飯店のA定食は六百八十円だけど、もっと良い食材を使っていて、ボリュームもあるし、手も込んでいる。これは、どれも作り置きできるメニューだ。これを一皿にのせて売りつけるのだから、人件費だってかからない。

「食べて食べて。どうせ、戸村君一人暮らしだから、こういうの食べてないでしょう？」

「そやな。いただきます」

値段は納得できないけど、確かに照り焼きや煮物は久しぶりだ。俺はさっそく口に入れた。

「どう？　おいしくない？」

岩見さんが俺の顔を覗《のぞ》き込んだ。

「そやなあ」

鶏の照り焼きは口に入れた瞬間ふと臭みが残る。焼く時にみりんとしょうゆで味をつけてるだけで、下ごしらえができていない。コンソメスープはただの市販のブイヨンを溶かしただけの味だ。この量の玉ねぎでは、甘みが出るわけない。ひじきの煮物は、ひじきを戻しすぎてるのか、歯ごたえが損なわれている。レタスは調理する少し前にまとめて洗ったせいだ。苦味が出てる。野菜は直前に調理すべきだ。ただ、ドレッシングだけはいい物を使っているのか、おいしい。

おしゃれにさえしておけばなんでもありなんだなあ、と、そこそこ繁盛している店内を見て思った。

「ね、おいしいでしょう？」

岩見さんはまた聞いた。

「うん。まあまあや」

「まあまあって、さすが関西人。味にうるさいね」

古嶋が俺を笑った。古嶋はなんでも関西人でくくろうとする。

「ま、大阪は天下の台所やからね」

面倒くさいと思いつつも、俺はいんちきくさい関西弁で話してけらけら笑っておいた。

そのうち、みんなの話は最近の小説家の話へと移っていった。俺は話に上がる小説家の名前すらわからなかったから、適当に相槌《あいづち》をうちながら鶏肉をせっせと口に運んだ。ちっともおいしくないけど、残さず食べる。「食べ物を残すやつは、いずれ世の中から取り残される」というわけのわからない親父の教えを受けたからだ。あんな頭の固い親父の言うことを真に受けてるわけじゃないけど、小さいころから言い聞かされたせいで暗示がかかってしまっている。

こんなメニューでこんな味でも、客はひっきりなしに入ってくる。戸村飯店ももう少し店をきれいにしたらいいかもしれない。食べ物屋はおいしいものを出すだけじゃなくて、雰囲気だって大事なのだ。店の中で話すことも、外食の役割の一つなんだもんなあ。なんて考えながら、店内を見回していると、アルバイト募集の張り紙を見つけた。「急募！　アルバイト！　時給千円〜」となっている。

ここなら専門学校から近いから、帰りにそのまま寄って帰れる。レストランだから、食事にもありつけるだろう。マスターらしき人物一名と、学生バイトっぽいウェイトレスが二名。三人程度で回せる仕事。それほど広くない店内。メニュー数も少ないし、簡単にできそうだ。これで千円はいい稼ぎだ。

思い立ったら吉日。俺は、早速、レジでお金を払うとき、

「アルバイトしたいんですけど」

と、店員に申し出た。

「突然だね」

「さすが関西人。即断即決」

古嶋たちは驚いてたけど、瀕《ひん》してるから仕方ない。

ウェイトレスの女の子は、「店長」と奥に声をかけてくれた。その声に、五十歳前ぐらいの穏やかそうなおじさんが出てきた。

「えっと、君ですか？」

「すみません、突然。忙しい時間帯に」

「いやいや、かまいませんよ。えっと、僕は店長の品村《しなむら》です。履歴書とか持ってきてくれてますか？」

そっか。そんなものがいるのだった。

「すみません、忘れてました。明日出直します」と、言いかけて、さっき講座で履歴書を作ったことを思い出した。

「あ、あります、あります！　履歴書」

俺はかばんの中から履歴書を取り出して、渡した。

「じゃあ、拝見しますね」

品村さんは履歴書を手に取ると、まじまじと見つめた。

「田中太郎さんですね」

「あ、すみません。それちょっと、名前間違えてるんです。田中太郎って書いてますけど、僕は戸村へイスケっていいます」

さすがに品村さんは妙な顔をした。そりゃそうだ。田中太郎と戸村ヘイスケ。間違いようもないし、そもそも自分の名前を間違えるようなすっとぼけたやつがメニューなんて覚えられるわけがない。

「あのですね。何枚も何枚も書いてるうちに、ごちゃごちゃになったんです。後、住所も今は違います。それは実家で、まだ引越してきたばっかりで、アパートの住所を覚えてなかったので、とりあえず書きました」

「おや、まあ」

品村さんは履歴書を見つめながら、のんきに答えた。なんでもすぐに笑う古嶋は、俺の後ろでけたけた笑っている。

「いいんじゃないですか、店長。早くバイト増やしてほしいし」

アルバイトの女の子が後押ししてくれた。

「住所と名前以外はおおむねその通りです。学歴と職歴は詐称してません。あんまり短気でも明朗活発でもありませんが」

俺がそう加えると、品村さんは少しだけ笑った。早いところ決めてしまいたい。俺は最後の手を使った。

「あ、僕の実家。中華料理店をやってるんです」

手伝ったこともないくせに、俺は少し自慢げに言った。

「じゃあ、調理補助とかできるのかな。と言っても簡単なことばかりだけど」

案の定、品村さんは乗ってきた。

「ええ、たぶんできます。簡単なことならですが」

俺は料理なんてしたことないくせに、うなずいた。切ったり炒めたりするぐらいなら、きっと誰だってできる。

「だったら、来てもらおうかな」

「本当ですか？」

「うん。田中君、感じがよさそうだし」

「ありがとうございます。あ、でも、田中じゃなくて戸村です」

「そっか、じゃあ、戸村君。よろしく」

3

カフェレストランRAKUのアルバイトは快適だった。五時に専門学校の講義を終え、そのまま店にやってくると、夕飯時の営業が始まる。

脱サラをしてこの店を始めた品村さんは四十八歳で、料理人といっても親父とはまるで違う穏やかな人間だった。料理一筋じゃなくほかの世界も知っている。他人に頭を下げたことも、誰かの下で働いたこともある。そういうことは人を丸くする。雇い主であるのに威張るようなことはせず、学生バイトの女の子にも俺にも、それなりの礼儀を持って接してくれた。

「さすが料理屋の息子だね。手際がいい」

一週間ですっかり要領を得た俺を、品村さんは褒めてくれた。

「よく手伝ってたんだねえ」

「いえいえ、それほどしてないんですよ」

「本当に？」

「ええ。ほんまに」

残念ながら、俺は戸村飯店の厨房《ちゅうぼう》に入ることなどほとんどなかった。ここでの調理補助の仕事は、野菜を切ったり、簡単な炒め物をしたり、食器を洗ったりする程度のことで、極端に不器用じゃない限り、誰でもできることだった。

ＲＡＫＵは夜は四種類のセットメニューしかない。それがかえってこだわっているように見えてうけている。鶏の照り焼き、ハンバーグ、煮魚、豚のしょうが焼き。それらのメインに日によって違う煮物、サラダとご飯と汁物。それに飲み物がついて千円。なんとなくお得なように見える。アルバイトを始めて四日で、俺は全種類食べた。どれもまあまあ。場所が便利だし、おしゃれな店でありながら家庭的なものが食べられるのと、栄養のバランスが良く見えるので、客は入っている。でも、何回も食べたい、と思う味ではない。

「戸村君って、彼女いるの？」

閉店間際。食器を片付けていると、マキちゃんが寄ってきた。

「いや、おらんけど」

「え〜、うそでしょ？」

「うそちゃうよ。いるわけない」

「意外。戸村君って、格好いいのに」

「ありがとう」

俺はにっこり笑った。

小さいころから、男前やねと褒めてもらうことは多かった。ごつい顔をした戸村家の中で、唯一涼やかな顔をしていたってだけのことなんだけど。初めはそのたびに照れていたけど、「そんなことあらへんよ」と、謙遜《けんそん》すると、逆に会話は面倒なことになる。あっさり認めて、礼を言っておくほうがいいということを学んだのだ。

「ありがとうって、さすが言われ慣れてるんだね」

「そんなことあらへんよ。褒めてもらったからお礼言うてみただけ」

「ふふふ。やっぱり戸村君って、格好いいのに全然気取ってないところが一番いいよね」

「なんて?」

格好いいっていうのはあっさり流したけど、その後の言葉にはぐっときた。

「格好いいのに気取ってないところがいいねって、言ったんだけど?」

「うわ、それめちゃええ感じ」

「それって?」

「気取ってないねってところ」

「そんないいこと言った?」

マキちゃんは俺に食いつかれて、きょとんとした。

「うん。そんないいこと言っとった」

そう、すごくいい言葉。格好いいはどうでもいいけど、気取ってないのところは、録音して戸村飯店に東京ばな奈と一緒に送りたいぐらいにいい。戸村飯店で、俺はしょっちゅう「気取ってる」「ええ格好しい」「すましとる」と、言われた。学校で同年代のやつに言われることはなかったけど、広瀬のおっさんや、竹下の兄ちゃんは、しょっちゅう俺のことを「かっこつけ」と言った。ここでは、関西弁しゃべってるだけで、気さくな人と思ってもらえる。

「だって、戸村君、髪の毛も服装もあんまり気合入ってないし、適当でしょ?」

「そりゃそうやけど」

そんなの昔からだ。適当な服を着てたって、髪が寝癖だらけだって、馬鹿笑いをして阪神タイガースを心底愛してないと、戸村飯店ではええ格好しいなのだ。

「やっぱり、東京の街はちゃうね」

「そう?」

マキちゃんは不思議そうに首をかしげた。マキちゃんは愛知から出てきたらしいけど、いざ暮らしてみると、東京も愛知もそんなに違わないと感じたらしい。

「うん。やっぱり大阪とはちゃうんかな。俺が暮らしてたこてこての古い下町とはちゃうわ」

「そりゃそうだろうけどね」

大阪にいたころは、テレビや雑誌で大阪と東京の違いが語られるのを、そんなあほなと言いながら見ていた。「東京は冷たい」とか「東京の人は気取ってる」なんて言う大阪人や、「大阪の人間はなんでもネタにする」とか「大阪人はがめつい」と言う東京人にうんざりしていた。新幹線で二時間半。どちらもそこそこの都会だ。いろんなものが流通しまくっている今、そんな違いがあるわけない。そう思っていた。

しかし、東京と大阪は本当に違っていた。

入学式の当日。花園クリーエータースクールの場所がわからなくて、何人かの人に道を聞いた。地図を片手に尋ねてみたが、「さあ」と首をかしげたり、軽く手を振って答えることを拒否する人もいた。朝の忙しい時間だったせいもあるだろうけど、あまりのさらりとした態度に、俺の物の尋ね方がひどいのかと不安になった。関西弁のせいで、ばかにされているのかとブルーにもなった。

大阪。少なくても俺の住んでいた町だったら、道を一つ尋ねようものなら、大騒ぎになっていた。

「ああ、なんか聞いたことあるなあ。待ってや。今思い出すから」と知らないくせに考え込まれたり、一緒にパンフレットを覗き込んで、「この学園は知らんけど、ここに載ってる公園やったら知ってるで、教えたるわ」と、ピント違いの場所を教えられたりした。挙句の果てには、「なんや兄ちゃん、この専門学校に行くんか。ってことは、小説家にでもなるんか？　そんな世の中あもうないで」と、説教されたりもした。俺はその空気が苦手だった。大嫌いだった。

今、俺が暮らす二階建ての古いアパートは六つの部屋がある。だけど、どの部屋の人ともあまり話していない。名前ぐらいしかわからない。引越し当日に挨拶《あいさつ》に行って、少しの会話をしただけだ。引越してきて一ヵ月ちょいだから仕方ないのかもしれないけど、一年住もうが三年住もうが変わらない気がした。それがなんとなく落ち着かない感じはするが、すべてが筒抜けのあの町よりいいのかもしれない。

4

二週間以上たち、まじめに授業に出てくる生徒もぐんと減った。朝一番の授業は、半分程度しか席が埋まらない。古嶋もよく休んだ。ついこの間まで大学生だった古嶋は友達が多く、毎日遊び歩いている。いまだに大学のサークルに所属しているし、バイト仲間とも遊ぶし、忙しいやつだった。古嶋みたいな健やかな青年そのもののやつは、きっと小説家にはならないだろう。

「文章構成講座Ⅱ」

今日の一時間目。これも岸川先生が担当している。花園クリエータースクールは、講座は二十もあるのに、講師はざっと八人しかいない。一人の先生が二、三個講座を持っている。どうせやることはたいして違いがないのだから、ややこしい講座名ばかり付けないで、講座を統一したらいいのに。

「みんなが身近に書いている手紙。そこには構成力が必要ですね」

岸川先生は声がすごく落ち着いている。低いし、弾んでない。そのせいか、ちっともクリエイティブな感じがしない。事務内容を伝えられている気がしてしまう。

「その身近なものから構成力を養ってみましょう。一人二枚とってください」

今日は便箋《びんせん》が配られた。履歴書の次は便箋。こないだの履歴書は使えたけど、若干その場しのぎの感が漂っている。

「さあ、書いてください」と、言われても、難しい。そもそも手紙なんか書いたことがあるだろうか。この前、東京ばな奈を実家に送ったときに、「元気です。食べてください」と書いたメモを入れたけど、あんなの手紙ではない。中学生のときと高校二年生のときは、一応付き合ってる女子がいて、手紙交換みたいなことを無理やりやらされていた。渡さないと、キレるし膨れるし、面倒だったから書いてはいたけど、

「数学だるいよなあ。国語の宿題やった？　部活がんばれ」

てな、恐ろしくくだらない内容だった。

手紙手紙。こつこつと鉛筆を動かす音が教室に響く。履歴書のときとは違って、今回は大きく周りから後《おく》れをとってしまっている。

「あと、二十分です」

岸川先生の声が響いた。やばい。まずは相手を決めよう。目的が決まれば、おのずと道は開けてくる。

親父かお袋。絶対に無理。親に手紙を書くって想像しただけで、歯が浮いてしまう。コウスケ。これはもっと寒い。第一、あいつには手紙を読む読解力がない。と考えていると、卒業式の日にもらった手紙が頭に浮かんだ。一から書くから大変なのだ。返事だ

ったら、すぐに書ける。卒業式の日、同級生や後輩から、何通か手紙をもらった。実は格好がいいのにええ格好しいではない俺は、学校の中では人気があったのだ。そんな中、なぜか岡野さんからの手紙だけをこっちに持ってきた。岡野さん。学年もクラブも違ったから、はっきりと顔も名前もわからない女子。ただもらった手紙は、コウスケの受け売り満載で頭にペタリと残った。

岡野さんへ
卒業式のときは、手紙ありがとう。嬉《うれ》しかったです。
僕は今、東京で花園総合クリエータースクールというわけのわからない専門学校に通いつつ、カフェＲＡＫＵというそれほどおいしくもない店でバイトをして、元気にしています。
高校のほうはどうですか？　三年生ってことは、岡野さんも受験生ですね。うちの弟もちゃんと勉強してますか？　がんばってください。

読書感想文や人権作文と違って、手紙は相手がいるからでっちあげられない。どういうのがうまい手紙なのかもいまいちわからない。だらだらと的を射ないようなことばかり並べてしまった。だいたい岡野さんのことを知らないから、話題もない。小学生レベルの手紙だなと、出来上がりを眺めていると、後ろからさっさと回収されてしまった。

思いのほか、書き上げるのに時間がかかったのだ。

「そうね、手紙は長いから、今日は五人ほど紹介します」

岸川先生は前回の履歴書と同じことを言って、適当に手紙をシャッフルしてから、読み始めた。

最初に紹介された北尻さんという三十過ぎのおっさんの手紙は、ブッシュ大統領に宛てたものだった。「ブッシュよ。早く地球を平和にしてくれ」と、高らかに語った手紙。

いやいや、ブッシュにそこまで権限ないだろう。

続いて紹介されたのは家城さんで、今は亡き恋人へのラブレターだった。切なくなってしんみりしてると、

「作り話だよ」

と、家城さんが笑った。

そうだ。そうだった。今日もフィクションなんだった。またもや、まともに書いてしまった俺。本当に順応性も学習能力もないんだから参る。どうか、選ばれませんようにと祈っていたら、

「えっと、じゃあ、次は……戸村君の」という声が聞こえた。

おいおい、待ってくれ。また今日も俺、マジで書いてしまったから。と、言い訳しよ

うとしたら、

「出た、関西人の！」

「笑わせてよ〜」

と、はやし立てられた。

「ちゃうちゃう、本当に、おもしろくないから」

俺は思わず立ち上がって、弁明した。

「またまた〜、こないだみたいに笑わせてよね」

「そう、先生、早く読んで」

みんなきゃっきゃと盛り上がり始めた。

いったいなんだって言うのだ。だいたいどうして、笑わせなくちゃいけないのだ。関西弁をしゃべるからといって、面白いことを言うというイメージは勘弁である。正直、俺はまったく面白くない。中学校や高校では軽口をたたくこともあったから、お調子者のキャラクターではあったけど、笑いは苦手だ。

俺が小学生のとき、まだ土曜日は半日授業があった。学校からおなかをすかして帰ってくると、母親がチャーハンか焼きそばを作って待っていてくれた。店の隅でコウスケとそれを食べる。それが土曜日のパターン。そして、決まって見るテレビは「吉本新喜劇」だ。戸村飯店は大阪のど下町にあったから、みんな土曜の昼には新喜劇を見ていて、店でも学校でも大人気だった。

俺は新喜劇なんて面白いと思ってなかった。舞台がうどん屋になったり病院になったりしてるだけで、内容はいつもほぼ同じ。どうして、毎週同じようなものが放映されているのかわからなかった。あほのコウスケは新喜劇がことのほか好きで、いつもギャグをものまねしては、みんなを爆笑させていた。

お袋は、

「あほなことばっかしてんと、はよう、食べなさい」

と、怒りながらも笑っていたし、店の客も喜んでいた。土曜の昼の客が多いのは、コウスケのふざけた姿を見たいというのもあったからかもしれない。そんなコウスケと違って、一人で黙々とご飯を食べる俺に、

「ヘイスケはほんまおすましやなあ」

と、山田のじいちゃんはよく言った。

「ぼそぼそチャーハン食ってんと、ヘイスケもなんかやれ」

広瀬のおっさんも言った。それでも何もしない俺は、「つまらんやっちゃ」とみんなに言われた。

新喜劇は好きじゃないし、笑いをとりたいという意欲もなかった。どうして食べ物屋

の子どもだからって、芸をしなくちゃいけないのかと不満だった。でも、つまらんやつやと思われるのは、嫌だった。親父は怒るとき、「つまらんやつや」とよく言う。もちろん、面白くないという意味で使ってるわけではなく、「いい加減にしろ」という意味だけど、「つまらん」という言葉に、すごく抵抗があった。存在意義が全否定されるような感じがした。コウスケがウケをとってる間、隅でチャーハンを食べるのも少し虚しかった。

小学四年生のときだろうか。俺も何か一つくらいギャグを身につけようと、ひそかに決心をした。戸村飯店の子どもとして、それぐらいできなくちゃいけないような気もした。それから、今までぼんやりと眺めるだけだった新喜劇を本腰を入れて見るようになった。

「ごめんやして、おくれやして、ごめんやっしゃ」

「アヘアヘアヘ〜」

「かい〜の」

末成由美《すえなりゆみ》や寛平《かんぺい》のギャグ。派手で目立つけど、俺には無理だ。何もない状態から突然そこまでテンションを上げることができない。

「いずこへ〜」

「今日のところはこれくらいにしといたろか」

チャーリー浜《はま》や池乃《いけの》めだかのギャグは掛け合いが必要だ。相手がいないと成り立たない。最初にやるには、一人でできるギャグのほうがいい。

「大阪名物パチパチパンチ」もしくは、「ポコポコヘッド」。

わかりやすくてすべる可能性が低いギャグだが、これはコウスケがすでにまねをして、ピチピチピンチというわけのわからないギャグを作っているからだめ。二番煎《せん》じは受けないし、弟のまねをするなんて兄貴の名がすたる。

俺は新喜劇をじっくりと眺めた。なかなかピンとくるギャグがない。だいたいどれも面白くない。勢いで笑っているだけで、何がおかしいのか俺にはわからなかった。そんな俺の目についたのが、桑原和男《くわばらかずお》のギャグだ。

「ごめんください。どなたですか？　管理人の桑原和子です。家賃の請求に参りました。ご苦労様です。お入りください。ありがとう」

おばさんに扮《ふん》した桑原和男が訪れた家の玄関先で、一人で受け答えをして勝手に中に入り込んでしまうお決まりのギャグ。毎週繰り返されるのに、しつこさがない。

これだ。絶妙な間、言い回し。おもしろい。そう思った。桑原和男の女装は、ちっとも下品じゃない。笑いにスマートさがある。これなら俺にもできる。たぶん、うけるはずだ。そう意を決して、やってみることにした。

ある土曜日、学校から帰ってきた俺は、店のドアをがらがら開けると、周りを見回し

て、

「ごめんください。どなたですか？　戸村ヘイスケです。学校から帰って参りました。お入りください。ありがとう」

と言って、店の中に突入した。

ところが、誰一人笑わなかった。店は誰もいないかのように、しんと静まり返った。親父もお袋もきょとんとしている。竹下の兄ちゃんや広瀬のおっさん。店にはいつもの常連さんがいるのに、俺を初めて見る子どものように不思議そうに見つめた。笑わないどころか、つっこみも入らない。しばらく不思議そうにしてたお袋が、

「ようわからんことしてんと、入っておいで」

と言って、なんとかその場を終了することはできた。しんとした空気。夏なのに寒い。そう、つまり、すべったのだ。大失敗だったのだ。やはり、一日二日で、熟練した桑原和男のギャグができるわけない。あっさりあきらめて自分のキャラクターに合わないことは止めればいいのに、子どもだった俺は、果敢にも再チャレンジをするべく練習を試みた。

それからというもの、俺はひそかにコウスケがビデオに撮っている新喜劇を見た。桑原和男のギャグを巻き戻して、何度も何度も見た。桑原和男は最初の言葉を大きい声で言う。最初の一語にしっかりとアクセントがつけられている。背筋をピンとのばして、

一点を見つめて、最後まで迷いなく言い切る。おどおどと言っていたから、だめだったのだ。ぴしっと自分のペースで最後まで言い切ることが大事だ。俺は登校時や寝る間際にこっそり何度も練習した。

そして、土曜日。俺の二度目の舞台がやってきた。軽く深呼吸をして、玄関を開ける前に、もう一度桑原師匠の姿を頭に思い浮かべた。よし、できる。

俺はピンと姿勢を正し、店の奥をしっかりと見据えて、

「ごめんください。どなたですか？　戸村ヘイスケです。ただいま帰って参りました。お帰りなさい。ありがとう」

と、大きな声で最後まで言い切った。

ちゃんとアクセントもつけたし、うまくいった。今度は爆笑のはずだ。しかし、みんな笑いをこらえているのか、何も聞こえない。おかしいなあと、周りを見てみると、反応は前回と同じ。しんと静まり返ったままだ。

しばらくしてから、お袋が、

「なるほど、吉本新喜劇のまねやね。よう似とるわ」

と、言った。

広瀬のおっさんも、

「さすがヘイスケは器用やなあ。ものまねも上手とは感心や」

と、言ってくれた。

だけど、誰も笑ってはくれなかった。褒められても嬉しくない。ギャグは褒めてもらうために言うものじゃない。笑ってもらわなければ仕方ない。

コウスケが手をぱちんと打ってから、

「うわあ、兄ちゃん、桑原和子のまねしとる〜。ってことは、戸村へイコや！　へイコ姉ちゃん、ごめんやっしゃー、姉ちゃんが突然できるとは、僕ピチピチピンチでっせえ」

と、はしゃいでみんながどっと笑った。

何も考えずに騒ぐコウスケはなんなく爆笑をとるのに、研究と練習を重ねても俺はすべるのだ。笑いの才能がゼロとしか言いようがない。

「これ、本気の手紙じゃない」

俺の手紙を全部読み終えた岸川先生が言った。

5

昼休み。外には出ずに、俺は朝適当に握ってきたおにぎりを踊り場で食べた。バイトが決まったといっても、給料が入るまでまだある。それに、昼休みまで誰かと一緒に過ごすというのも少し息苦しかった。たまにはこうやって一人で休み時間を過ごすとほっとする。中学校や高校にいたときには、いつも誰かしら友達と過ごしていたのに。やっぱりある程度同じ考えを持つ人が集まった場所である専門学校は、中学校や高校とは違うのかもしれない。

踊り場には、他にもコンビニ弁当やサンドイッチを食べている連中がいる。ビルの中にあるクリエータースクールだけど、三階の踊り場は広くて日差しがたくさん入って、気持ちよい。つるつるの床、真っ白い壁、きっぱり光る蛍光灯。アレルギー体質でなくても、ハウスシックになりそうなビルだけど、この踊り場だけは過ごしやすい。窓辺の椅子に座って、ぼんやり外を眺めながらおにぎりをほおばってると、現実的な感じがちゃんとする。

もう春も終わりなんだよな。少し前までぼんやりしていた外の空気が、少しずつ硬くなっていく様子を見ていると、

「あれ？　戸村君、手作り弁当？」

という声が聞こえた。顔を上げると目の前に岸川先生がいた。

「中、何が入ってるの？」

「え？」

「おにぎりの中」

岸川先生はそう言いながら、勝手に隣に座ってきた。

「鶏の照り焼きです」

「おいしそうじゃん。凝ってるんだね」

「いや凝ってるわけじゃ。レストランっていうか、カフェでバイトしてるから、そこの残り物を中に入れて握っただけです」

「戸村君って、カフェでバイトしてるんだ」

「はい。まだ始めたばかりですけど」

「どこのカフェ？」

食いついてくるなあ。普段の授業は淡々とやってるくせに、生徒のバイト先には興味があるのだろうか。

「ここの近くです。RAKUっていう店です」

「ああ、何か見たことあるかも」

「そうですか。ぜひ一度来てください」

にこりと笑って会話をまとめたつもりだったのに、岸川先生はサンドイッチの包みを開け始めた。どうやら、ここで昼食を食べるらしい。俺は一人で昼飯を食べることをあきらめて、おにぎりの続きにかぶりついた。

「店の主人って頑固？」

「え？」

「だから、RAKUの店長って頑固な感じ？」

「いえいえ、全然。いい人です」

バイトを始めて間もないから、品村さんの人柄を知り尽くしてるわけじゃないけど、頑固ではない。物腰の柔らかい人だ。

「それはよかった」

何がいいのかわからないけど、岸川先生はそう言って、サンドイッチをつまんだ。きれいな長い指。指先とか、髪の先とか。岸川先生は先端がきれいだ。

「岡野さんとは付き合ってるの？」

「え？」

「手紙書いた相手よ」

バイト先から突然岡野さんの話に飛んで、ピンとこなかった。文章構成講座を教えているくせに、岸川先生は話が飛び飛びだ。

「別に付き合ってませんけど」

「好きなの？」

「いいえ。顔も名前もいまいち知りません」

「そっか、それはよかった」

岸川先生は質問するだけして「それはよかった」でくる。

「私さ、ライターって知ってた？」

「知ってます。パンフレットにも講座リストにもそう書いてましたよ」

「ねえ、止めてほしい。あんな風に書くのってだめだよね」

「そうなんですか？」

「各雑誌で活躍する今最注目のライターって大うそだもん」

「大うそなんですか」

まあ、だいたいパンフレットなんてそんなもんだろう。一・五倍は大げさになってる。

「だいたい、私って食べ物特集の記事しか書いたことないんだよね」

岸川先生は面白そうにくすくす笑った。

「別にいいんじゃないですか。食べ物のことだろうと、映画のことだろうと」

「そうだね。戸村君って、食べるの上手だよね。食にこだわりがあるの？」

「は？」

「おにぎりの食べ方とか、上手」

箸《はし》やフォークの使い方にはうまい下手があるだろうけど、おにぎりなんてどう食べたって同じじゃないだろうかと思いつつ、

「ありがとうございます」

と、お礼を言った。

「大阪の人って、そうなの？」

「違うと思いますけど」

大阪の人がおにぎり食べるのが上手なんて、どれだけ資料を探っても、きっとどこにも書かれていない。

「そうなんだ。関西人って、どうしても味にうるさいイメージがあるんだよね」

「そうですか」

「そうだよ。戸村君はそんなことないの？」

「味にっていうより、けちなところはあるから、こんなんでいくらとられるのは高いなあとかは思いますけど」

「わかるわかる。雰囲気でお金取られたりとかって、いやだよね」

「そうですね。料理屋って結構自由に値段つけれるから、ぼったくられそうですね」

「ねえ、いろいろ食べに行ってみない？」

「食べに行ってみないって？」

「付き合ってよ」

「付き合う？」

「今日ってもう五月七日でしょう？　ってことは、あと一週間ちょいじゃない」

「何がですか？」

本当に岸川先生の話はぶっ飛びまくる。文章構成講座を教える前に、自分が会話術を習うべきだ。

「何がですかってとぼけてるわね。さっさと辞める用意しなくちゃ。意外と手続きって面倒だろうし」

「え？」

「だから辞めるんでしょう？」

「何を？」

「この学校」

岸川先生はなんの戸惑いもなく、はっきりと言い切った。図星だ。数回しか授業を受けていないのに、どうしてそんなことがわかったのだろう。あまりにも俺に才能がないからだろうか。まじめにやってるつもりではいたけど、やる気のなさがにじみ出てたのだろうか。

「申し訳ないけど、辞めるつもりではいます」

俺は小さく頭を下げた。

「別に謝らなくていいよ。それより、そろそろ用意したら？　入学のときに書いた書類とか、ちゃんと取ってる？」

「書類……」

「入学証明書とかいるんじゃないかな。事務的なことはいまいちわからないけど、今日申し出て今日辞めるってわけにはいかないはずだよ。早めに事務所に言っておかないと」

おいおい、どうしてこの先生は俺を辞めさせることにこんなに積極的なんだ？　俺の才能のなさを見ていられないのだろうか。

「あの、おかしくないですか？」

「何が？」

岸川先生がきょとんと首をかしげた。

「いや、先生が辞めるように勧めるのって」

「そうかな？」

「ええ。別に止めることはないにしても、そんなに勧めなくてもいいような」

「まさか、気を悪くした？」

「いえ、もともと辞めるつもりだったからいいんですけど」

「だったらいいじゃない」

この人の授業にもペースにも、俺はいまいちついていけない。

「はあ、まあそうですけど……」

「だって、やばいでしょう？」

「何がですか？」

「講師と生徒が付き合うのってさ」

「講師と生徒？」

決して鈍感ではない俺だけど、それが誰なのかすぐにはわからなかった。

「やっぱりさ、専門学校とはいえ、卑猥《ひわい》な感じがするし」

「ヒワイな感じ……？」

岸川先生が言おうとしていることがさっぱり飲み込めなかった。岸川先生はそんな俺をほっといて立ち上がると、

「ま、戸村君が辞めたら、ＲＡＫＵに行くしさ、そのときにその後のことは決めよう」

と、言い残して行ってしまった。

そのときって何？　後のことってなんなんだ？

不明なことが増えたけど、あと一週間あまりでこの学園を去るということは前よりもはっきりしてきた。

6

お金を返してもらうのだからもっと手間取るのかと思ったら、退学処理は簡単に済んだ。書類は何枚も書かされたけど、受付のお姉さんとのやり取りをいくつかするだけで、花園クリエータースクールから解放されることとなった。

高校じゃないんだから、いちいち辞めることをクラスに発表する必要はないし挨拶も必要ない。現に、ほとんど顔を見ることがなくなっている生徒も既に何人かいる。専門学校の自由さはすばらしい。俺もこのまま明日から来なくていいのだ。でも、いつも一緒にいる古嶋には言っておいたほうがいいと思った。休んでると心配させても悪い。

「あのさ、俺、今日でここ辞めるんやわ」

帰りにスクールの玄関でそう言うと、古嶋は目を丸くした。

「何？」

「今日で退学手続きが完了してん。明日からは来うへんからさ、まあ今までありがとうな」

「はあ〜⁉」

古嶋が大きな奇妙な声を出した。古嶋は声も身体もでかい。

「ちょちょちょ、ちょっと待てって。辞めるって辞めるってことだろう？」

「まあ、そうやな」

「ちょっと待てよ！　落ち着け。ゆっくり話そう」

古嶋は一人で慌てながら、至って冷静な俺を入り口にあるロビーのソファに座らせた。

「どうしてこんなことになったんだ」

古嶋は頭を抱えた。もともと辞めるつもりだった俺は一応神妙な顔で、

「まあ、なんとなくさ、前から決めてたんだけど」

と、言った。

「前から決めてた？」

「ああ」

「だったら、なおさらだよ。どうして相談してくれなかったんだ」

「相談って何を？」

「何をって、辞めることに決まってるだろう。ってか、普通、俺には相談するだろう？　みんなには言えなくても、せめて俺には言ってくれてもよかったっしょ？」

「そうなんかなあ」

「そうなんかなあって、辞める一ヵ月前くらいにはさ、友達には決心を話すもんだろう？　当日に言われたんじゃどうしようもない」

「ほんまに。報告が遅くなって悪かった」

古嶋と知り合ったのは一ヵ月前なんだけど、と心の中でつっこみを入れながら、俺は素直に頭を下げた。

「いや、違う」

「え？」

「違う。お前は悪くない。悪いのは俺だ」

古嶋は俺の頭を無理やり上げさせた。

「俺、お前が悩んでたのに、全然気づいてやれなかったんだもんな。本当役に立たなくて悪い」

俺は何一つ悩んでいないのに、古嶋はえらく打ちひしがれて肩をがっくり落としてしまった。けったいなやつ。一人慌てたり悩んだりする古嶋を見ていると、笑えると同時に申し訳なくなった。

「いやいや、別に悩んでへんねん。そもそもええ加減にこの学校入ったし」

「うそつけ」

「ほんまやって」

「やめろよ。そんな無理して明るく振る舞うなよ」

「無理してへんねんけど……」

「でもさ、遠く離れても俺らは連れだよな」

古嶋は顔を上げて、俺をちゃんと見た。

学校を辞めるだけで、引越すわけじゃない。どんどん話が大げさになっていくなあと、のんきに思いつつも、俺は真剣な顔をして見せた。

「そやな」

「よし、連れと決まったからには、これからはなんでも言ってくれ。俺、お前のためだったら、なんでもしてやるからさ」

古嶋はもう気持ちがすっきりしたのか、「さあ、行こう」と、俺を立たせると歩き始めた。通りに出ると、すっきりした日差しの下、ビルがきれいな影を作っていた。

「お前、東京不慣れだから、絶対困ること出てくるっしょ」

「うん。そやな」

「一人で悩んだら禿《は》げるし、気楽に助け求めてくれ」

「ありがとう」

「そうだ！　お前俺のこと、今日から宏君って呼べ」

古嶋は突然大きく手を叩いた。

「え？」

「お前、俺のこと古嶋君って呼ぶだろう？」

「まあ、それが名前やからな」

「よそよそしい。だから、きっと相談できなかったんだ」

「そんなもんなんかなあ」

「そんなもんだって。遠く離れるとますますよそよそしくなるだろう？　だから、せめて呼び方だけでも、親しくしておこう。じゃないと、お前はなんでも言ってくれって言っても、きっと何も言わないっしょ？　そして、どんどん禿げちまう。悲劇だ。遠慮することないぜ。俺だって、お前のこと、今日から戸村じゃなくてケイスケって呼ぶしさ」

俺はついに耐えられなくなって爆笑した。どうして自分は君付けで呼ばせておいて俺だけ呼び捨てなんだ？　っていうか、だいたい俺の名前を間違えてるし。

「おいおい、喜びすぎだろう」

古嶋は勘違いして、照れくさそうに笑った。

「ちゃうちゃう、俺さ、ケイスケじゃなくて、ヘイスケなんだ」

「え？」

「そやから、戸村ヘイスケっちゅうねん」

「そうだったんだ」

「そうやねん。ごめんな」

古嶋もようやく笑った。

東京はクールなやつが多い。さっぱりとしたやつが多い。そう思ってたけど、あの町以上にけったいなやつもいる。

「宏君、店にも来てくれたらええやん」

「そやな。絶対何度も食べに行く」

「なんていうか、宏君もがんばって」

「おう、がんばるさ。お前だって、がんばれよ。俺、ヘイスケの応援しまくるからな」

別に最後ってわけじゃないのに、古嶋はほんの少し涙ぐみながら、通りの真ん中で大きく手を振って俺を見送ってくれた。

第 3 章

1

兄貴がいなくなって、二ヵ月と少し。驚くくらい変化はなかった。いくらうっとうしい兄貴とはいえ、多少心に穴が開きそうな気もしたけど気のせいだった。小学生のときに飼っていた猫の三郎が失踪《しっそう》したときは一週間落ち込んだけど、兄貴の不在は二日で慣れた。もともと三郎以上に家に寄り付かないやつだったし、今ではいないのが当たり前になっていた。

俺の知る限り、兄貴は出て行ってから一度も電話をよこしていない。お袋や親父はやきもきしているようではあったが、こちらから連絡を取っているふうでもなかった。半ば勝手に出て行った兄貴を親父は許してはいないのだろうか。兄貴の携帯番号はお袋がメモして厨房《ちゅうぼう》の冷蔵庫に貼り付けてるけど、誰も見向きもしていない。ただ、親父たちは時々本屋に行って、戸村へイスケの名前を探したりはしている。あのアホ兄貴が本当に小説なんか書くわけないのに。ごくたまに東京ばな奈がどかんと送られてくるから、一応生きてはいるらしい。

「なんや、ボンはもともと店に顔出さへんかったから、たいして変わりもないかと思ったけど、おらんかったらおらんで間の抜けた気するな」

広瀬のおっさんが言って、

「ほんまや。まるで掛布《かけふ》のおらん阪神みたいやなあ」

山田のじいちゃんも同意した。

閉店時間の十時を回っているのに、山田のじいちゃんと広瀬のおっさんは二人で酒をだらだら飲みながら餃子《ギョーザ》をつついてる。戸村飯店は閉店時間を過ぎても、だいたい誰か常連さんがいる。親父は鍋《なべ》を磨きながら、じいちゃんたちの話に時折相槌《あいづち》をうつ。いつもこんな感じだから、十二時過ぎないと店が片付かない。

「コウスケもボンがおらんで、張り合いないやろう」

「まったくそんなことあらへん。掛布に喩《たと》えられてもピンとこんけど、あいつがそんなすごいわけないやん。店かって、手伝ったことないのに」

俺はおっさんらの隣でチャーハンを口に放り込んだ。最後の野球部の大会、夏季大会も目前だ。練習がハードになってきたせいか、夕飯を食べてもおなかが満たされない。

「やらしいやっちゃ。コウスケ、兄貴に妬《や》いとるんやろ」

広瀬のおっさんがにやにやした。

「そんなあほな」

「しゃあないなあ。掛布がわからんのやったら、そやな、桑原和男が出てないときの新喜劇って感じやな」

山田のじいちゃんは阪神の次に吉本に喩えた。桑原和男はよく知ってるけど、桑原和男のいない新喜劇がどういうものなのかっていうのはわからない。

「そや、山じいの言う通りや。主役ちゃうねんけど、あのおっさんが出てへんときはなんか舞台がしまらん」

広瀬のおっさんもうなずく。

「コウスケは、寛平タイプや。おったらおもろいけど、まあおらんときもおらんときで我慢できる」

「なんやそれ。っていうか、なんで俺らが新喜劇のキャストに喩えられなあかんねん」

「なんやあかんのか。ほんまコウスケは文句言いやな。そやったら、宝塚歌劇団に喩えたるわ」

「よう言うわ。じいちゃん歌劇団とか知らんくせに」

「あほにすんな。よう知っとる。そやな、お前が越路《こしじ》吹雪《ふぶき》や」

七十歳過ぎているのに、山田のじいちゃんは負けず嫌いで元気だ。夜遅くまで起きているくせに、朝は六時前からこの辺りをうろついている。

「吹雪って、誰やねん。それ」

「そんなもん知らんのか。吹雪は吹雪や。ほんで、ボンのほうが有馬稲子《ありまいねこ》や。あいつは品があるからな」

「吹雪やら稲子やら、なんや知らんおばちゃんばっかやん。もうなんも喩えてくれんでええわ」

俺はお袋が出してくれた味噌汁《みそしる》をチャーハンにぶっかけた。

「おい、コウスケそんな食べ方すんな。チャーハンの味も味噌汁の味もごっちゃになるがな」

広瀬のおっさんが顔をしかめた。

お袋も「行儀悪い食べ方しなさんな」と、食器を洗いながら怒鳴る。

「ええねん。はよおなか膨らましたい」

正直なところ、とにかく何かをおなかに入れたいのだ。

「昔からせわしないやつやったけど、最近のコウスケはほんま慌ただしいな」

「そうか」

「そんな食べ方しとったら、早死にするぞ」

「かまへんわ」

広瀬のおっさんの忠告を無視して、俺はチャーハンを一気に流し込んだ。

2

夏休みも目の前。一学期ももうすぐ終わる。高校三年生の一年は本当に早い。いろんなことが確実に着々と終わっていってしまう。まさに光陰矢のごとし、少年老いやすしなのだ。学生という身分でいられるのも、あと半年だからだろうか。一つ物事が終わるたびに、どうしようもなく虚しくなった。

進学するやつらは入試に気持ちが向いているからクールに高校生活を流してるけど、俺は大学には行かない。だから、全身全霊をかけて、残りの高校生活を満喫してやるつもりだ。

「なんか、ものすごいはりきりようやね」

「ってか、戸村。今になって女の子にモテようって魂胆じゃねえの」

「野球でこっぱミジンコになってもうたで、もうやけくそなんやろ」

一学期最後を締めくくる行事、合唱祭の指揮者《しきしゃ》に立候補した俺に、みんながわいわい騒ぎ立てた。

「球技大会ではばっちり実行委員長やってくれたけど、戸村が指揮ってそりゃないやろ」

担任の岩倉先生が言ってみんな笑ったけど、俺はものすごく本気だ。

先週行われた高校最後の野球の試合。あっけなく、コールドゲームで初戦敗退した。打たれまくる俺。ミス連発の内野。ふがいないバッティング。みんな力が入りすぎていたのか、まれに見るひどい試合だった。そして、それが俺の野球部人生の締めくくりとなった。

三年間じっくり積み重ねてきたことでも、一瞬にしてさっさと終わってしまうのだ。力を注いでがんばってきたからといって、免除はされない。終わるときには情けも何もない。それが現実だと高校生の俺はわかってはいるけど、まだ何かをやっていたい。

「だいたい戸村の時間割って、体育と給食とクラブで成り立っとるやん。音楽とか、無理無理」

森田がけたけた笑いながら言う。

「なんでやねん、俺、こう見えてリズム感だけはあるんやって。浪花《なにわ》のベートーベンって言うたら、俺のことや」

「ベートーベンって、新しい中華弁当のことか？」

高垣が茶化す。

「かわいそうに。お前らって、ほんま無知やなあ。扉を叩《たた》く音が聞こえる。それが運命や、のおっちゃんや」

「なんやそれ。霊能者みたいなおっちゃんやなあ。そやけど、指揮とかはやっぱかわいい女子にやってほしいわ」

「ほんまほんま。コウスケみたいなごついやつが前に立っとったら、指揮から目そらしてまう」

「なんで指揮がかわいい必要があるねん。お前ら音楽がなんたるかをわかっとらんわ」

みんなさんざん俺のこと笑っているけど、合唱祭で指揮をやりたいやつはそうそういない。人目を気にする思春期の高校生にとって、指揮者なんて正直恥ずかしい。本気で音楽が好きか、よっぽど度胸が据わってないとできない。二年の合唱祭のときだって、じゃんけんで負けた鈴木さんに決まった。だから、みんな俺には似合わへんと笑いながらも、ほっとしているのだ。

「ま、しゃあない。前見んと歌えばええか」

「そやそや。曲にのめりこんどる振りして、みんな目つむって歌ったらええやん」

「ほんなら、戸村に決定かな」

岩倉先生が言って、みんな「げ～」と言いながら、拍手をした。

「まあ、任せとけ。俺のカラヤンばりの指揮で、三の二を最優秀賞に導いたるで」

「カラヤンって誰やねん」

「ほんまお前らなんも知らんなあ。カラヤン言うたら、音楽の教科書の最後に載っとる指揮者のおっさんやん」

「あいつって、指揮うまいんか？」

「教科書載るぐらいやからすごいんちゃうか？」

「そやったら、ばっちりや」

「そしたら、次はピアノ伴奏を決めなあかんな」

岩倉先生の言葉に俺はどきどきした。俺が指揮者に立候補したのは、もちろん高校生活超満喫作戦の一環なんだけど、もう一つ目的がある。岡野は小さいころからピアノを習っている。ピアノ伴奏者と指揮者。これはやむをえず一緒にいる機会が増えまくる。二人きりで放課後練習なんてこともあったりするはずだ。そんなことになったら、どうしよう。コウスケって音楽もできたんやね、見直したわ、みたいなことになって、俺が岡野のピアノにアドバイスしたりなんかして、これは恋に落ちるしかないだろう。いやあ、参ったな。苦節二年、一途に岡野のこと思い続けてよかった。やっぱ、純粋な思いは最後には報われるんだなあと俺が妄想を膨らましている間に、伴奏担当は満場一致で北島君になっていた。

「ちょっと待てよ。それこそかわいい女子じゃなくてええの？」と俺が聞く暇もなく、

「僕でよければ、やりますけど」

と、北島君が快く引き受け、みんなが歓声を上げ、俺のときの五倍大きな拍手が送ら

れていた。違うクラスだったけど、北島君は去年もピアノを担当していた。ピアノだけじゃなく、フルートも吹けるという半端ない音楽少年だ。でも、それでいいのか。今ならまだチャンスはあるぞ、と岡野のほうを見ると、隣の席の松本さんとどうでもいい話で盛り上がっていた。

「戸村、よろしく」

北島君は俺のほうを向いてぺこりと頭を下げた。そのあまりの爽《さわ》やかさに「おう、こちらこそよろしくな」と、俺もうっかり笑顔を送ってしまった。

まあ、仕方ない。いろんなハプニングがあってこそ、たぶん高校生活はおもしろいのだ。

3

「コウスケ、はりきりまくってるねえ」

「あたぼうやん、めっちゃ高校生活満喫しまくんねん」

「なんか、すごい気合」

岡野と一緒の帰り道。まだまだ日が長くて、ゆっくり暮れていく夕方に嬉しくなる。七時を過ぎてるのにあほみたいに明るい空。時間の猶予がまだたくさんある気がする。

夏が真ん中に向かっていく。俺が一番好きな季節。

「高校出たら店やらなあかんし、今、充実させとこ思って」

「なるほど。大変やね」

「大変なんかなあ。ああ、このまま一生高校生でいられたらええのに」

「そう言わずにがんばれ、次男」

岡野が俺の肩を叩いた。

「次男ねえ。兄貴がわけわからん小説学校とかに行っとるせいで、迷惑かかりまくりや」

「あれ？　学校は辞めたみたいよ」

「へ？」

「だから、先輩、その小説学校とかって、辞めたみたいやよ」

「って、どういうことやねん⁉」

驚きすぎた俺の声は特大になって、岡野は耳をふさいだ。

「もう、なんなん。コウスケ驚きすぎやし」

「なんなんって、そんなん、マジありえんやろ」

「あれ、コウスケ知らんかったんや。先輩、学校は一ヵ月くらいで辞めちゃったみたいやよ。もしかして、言うたらあかんかったのかな」

「そうちゃうくて」

「そうちゃうくてって？」

そんなことじゃない。そんなことはどうでもいい。兄貴が学校を辞めたことには何一つびっくりしてはいない。どうせいい加減なやつだ。続くわけがないと思っていた。俺が驚いたのは、岡野が兄貴の現状を知っていることだ。

「そうちゃうくて、なんで岡野が知ってるねん？」

「知ってるって？」

「そやから、兄貴が学校辞めたこととかなんで知っとる？」

「あっそっか。そやね。一度手紙が来てん」

「手紙って？　誰から？」

「誰からって、戸村先輩からやん」

「うそやろう？」

ちょっと待ってくれ。兄貴は手紙なんか書くタイプじゃない。金のために作文は書くけど、利益のないことはしないやつだ。

「ほんま。って言っても。私が出した手紙の返事ってだけやけどね」

「あの最後に出した手紙？」

「そう、コウスケに手伝ってもらったやつやん」

返事にしてもありえない。兄貴は愛想はいいけど、アバウトなやつだ。卒業式のとき、あいつは何通も手紙をもらっていた。その中で岡野にだけ返事を出すのもおかしすぎる。

「それで？」

「それで、私がまた返事書いて、で、会った。東京に行った」

「東京……？」

「そう。東京を案内してもらって、先輩がバイトしてるとかいう店で夕飯食べて。まあ、それだけやけど」

「それって、東京に行ったってこと？」

俺は目の前がくらくらした。突然、五年くらい岡野に先歩かれた気がした。頭の中すべてがもれなくこんがらがった。

「そやから、そう言うてるやん」

「あかん。意味不明や」

ということは、二人はもう恋人同士なのか？　関西飛び出して東京まで行くということは、かなり進んだ関係なのか？　だいたいどうして俺は何も知らないんだ？

「意味不明って、手紙やり取りして、東京で会ったってだけの単純な話やん」

「どこが単純やねん。もうめちゃくちゃくちゃやん」

「めちゃくちゃって。別に先輩とどうにかなってことちゃうよ」

岡野が俺の心を察したように穏やかな声で言った。

「どうにかって、なんやねん」

「先輩と今後付き合うとかではないってこと」

「そやけど、好きやったんやろう？　兄貴のこと」

俺は喉《のど》も頭もカラカラだった。

「うん。好きやったね」

「そやのに付き合うとかさ、そういうことにはならんの？」

「ならんならん」

岡野はあっさりと否定した。岡野は兄貴が好きで、兄貴はその岡野に手紙を出して、岡野は東京まで行った。でも、恋人ではない。付き合ってはいないと言う。さっぱりわからなかった。

「どういうことや。俺、ほんま意味不明や」

「何も、難しいこと言うてへんのに」

「岡野、東京行ったんやろ？」

「うん」

「じゃあなんで付き合わんの？」

「なんでって、別に付き合うために東京行ったわけちゃうし」

「ああ、あかん。俺パッパラパーやからマジでわからん」

「コウスケはパッパラパーちゃうよ」

岡野はパニクる俺をふふふと笑った。

「ちょっとわかりやすく説明するとさ、東京駅で待ち合わせたんやけど、それがすごい曖昧《あいまい》で、改札出たとこで、とかって待ち合わせしてん。すごいやろ？　私も東京のことわからんし、まあ、待ち合わせ場所決めるって言ってもそれぐらいしか方法もないのかもしれんけど。で、いざ東京着いてみたら、土曜やったから人も結構おるし、そもそも先輩って私のことそんな知らんやろうし、会えるか不安やってんけど、でも、先輩すぐに私を見つけられてさ。わからんかったらどうしようかと思ったけど、めっちゃ、コウスケのタイプやからわかったわ。て笑ってた。コウスケは一昔前のアイドルみたいな女の子が好きやからなあって。失礼やろう？」

「ようわからんけど」

「ほんで、東京タワーとか行くんがええかなあ、とか先輩が言って、そうですねえみたいになってさ、東京タワー行って、お台場行って、浅草寺行って、これって修学旅行みたいやん、って爆笑。先輩って、モテるのにそういう抜けてるところがいいんやよね」

岡野は思い出したかのようにくすくす笑った。その話のどこがおもろいかわからないし、兄貴のそういう抜けてるところがどういいのかもわからなかった。

「で、先輩がバイトしてる店で早めの夕飯食べて、駅まで送ってもらって帰った。そういえばコウスケにもがんばれ言うといてみたいなこと、言ってはったよ」

「はあ……」

俺はあほみたいな返事をした。

「簡単に言うと失恋してん。告白したわけでもないんやけど」

岡野はさっぱりと言った。

会ったと思ったら、即失恋。ほんまによくわからない。俺一人だけ、子どもなのだろうか。太陽に焦がされて、頭の真ん中がじりじり熱い。

「そやけど、わざわざ東京まで行くってすごいな」

戸村飯店が待つ通りまでもう少し。俺はほんの少しだけ歩幅を狭めた。

「東京なんて、梅田まで出たら新幹線で二時間半やん」

「そやけど、めっちゃ行動力あるやん」

「なんでやの？」

岡野のほうが目を丸くした。

「だって、一人で東京やろ？」

「そんなん驚くほうが笑けるわ。うちらってもう十八やん。こないだ修学旅行で九州まで行ったやんか。海越えて」

「そりゃそうやけど」

修学旅行で九州に行くのと誰かのために東京に行くのは、全然違う。俺には東京がすごく遠い場所に思えてしまう。

うちの家族は旅行をしたことがない。店をやってるから、長い休みをとれないのだ。正月やお盆にお袋の実家には帰るけど、そんなの電車で二駅の距離だ。俺がこの町から出ること自体めったにない。井の中の俺、日本の首都すら知らずなのだ。

そうとうやばい。岡野に先に大人になられている。一刻も早く、本気でええ男にならなくてはいけない。良い方法は思いつかないけど、まずは絶対に合唱祭で最優秀賞を取る。そう決心した俺は、毎日のHR《ホームルーム》後の合唱練習に今まで以上に力が入った。

「っつうか、お前ら声出せよ〜、声」

机を後ろに下げて、みんなで並んでCDに合わせて歌う。我が二組が歌うのは「大地《だいち》讃頌《さんしょう》」。マジええ歌。感動してしまう。だけど、まだまだCDの歌の声のほうが大きい。

「もっとおなかの底から、教室に響き渡るような声出さなあかん」

「そんなこと言うたって、コウスケの指揮コメディーやで。笑けて歌われへん」

「ほんま。腕回してるだけやん、交通整理や」

「指揮者がでかい声で歌いすぎやし。気散るわ」

みんなは散々文句を言った。

「うるさい！　とにかく歌え！」

俺はみんなの声を振り切らんとばかり、さらにぐるぐると手を振った。こんなのでは、とても最優秀賞を取れない。もっともっと練習しなくては。

「行くで！　ほら、さんはい！」

「無理無理。俺らの歌より、コウスケの指揮をなんとかせな」

「そうやよ。指揮だって審査の対象になるのに」

みんな歌うどころか、本気で訴え始めた。

「そうや！　戸村、北島君に弟子入りしいな」

学級委員の原が勧めてきた。

「弟子入り？」

「もっとピアノ伴奏と打ち合わせしたらどない？」

「そうなんかなあ」

俺は北島君のほうを見た。

北島君はいまだにみんなに君づけで呼ばれている。あだ名でもなければ呼び捨てでもなく北島君。もちろん、嫌われてるわけではない。どう見ても、北島君という雰囲気だから仕方がないのだ。でしゃばらず、頼まれればさらりとやってしまう。厭味《いやみ》じゃない上品さを持ち合わせているから、陰では真のセレブ北島という妙な呼ばれ方もしている。

「そうやね。今日は歌練習は一休みしてさ、音楽室で二人で合わせようか」

またもや北島君に爽やかに言われ、俺は素直に「そうやな」と、返事をしてしまった。

音楽室に入ると、北島君は自分の部屋みたいに慣れた手つきで窓を開け、ピアノのふたを開けた。音楽の授業のときにしか使ったことのない俺は、二人きりの広い音楽室に少々緊張した。

「声大きいと勝ちなんは、一年生だけやよ。三年生はみんな最後やって思いがあるから、声は出してくる。やっぱり上手にやらなあかんよな」

北島君はピアノの前に腰掛けながら言った。

「ああ、そやな」

「指揮も重要やで。合唱はハーモニーと、表現力と、指揮との一体感やからな」

「そういや、審査規定にも書いてあった」

「いつもいつも同じ調子で手振っても、見ててもおもしろくないやろ？　指揮だって魅せる指揮やないと。大きい振り小さい振り。抑えるように盛り上げるように。そういうの混ぜていかな」

「そうやな」

北島君が言うとすごくもっともに聞こえて、俺はしっかりとうなずいた。

「じゃあ、とりあえず一回振ってみてや」

「ああ、まあ、こんな感じかな」

合唱祭の取り組みが始まる前に、音楽の先生から講習を受けた。俺はそれを思い出しながら、教室で練習したときよりも丁寧に指揮をして見せた。

「悪くないな」

「そう？」

北島君に褒められると、ちょっと照れる。

「なかなかええけど、拍子ばっかりを正確に刻もうとしてるからあかんねん」

「そうなんか？」

「そうやで。歌って拍子だけちゃうやろ？」

「まあ、そうなんかな」

「逆に拍子なんかはどうでもええねん。伴奏あるんやし、みんな指揮の拍子に合わせて歌うわけちゃう。速さにだけ注意したら拍子はもう大丈夫や」

北島君は適当に「大地讃頌」をポロポロと弾きながら、俺に言った。

「大事なんはどこまで声を伸ばすとか、どこで盛り上がるかとかやん。そういうのを指揮が仕切らな」

「なるほど」

「とにかく、戸村自身がまず身体でこの曲にもっともっと乗ってみいや。伸ばすところとか、抑えるところとか、もっと正確に身体で歌えるようにさ」

北島君はそう言って、「大地讃頌」を弾いてくれた。練習はいつもＣＤだったから、北島君のピアノをそばで聞くのは初めてだけど、めちゃくちゃうまい。音楽がなんたるかを知らない俺でも、「おお」と思う。俺はとりあえずぼそぼそと歌ってみた。

「もっともっと曲感じてみ」

「こんな感じ？」

「そう。ここはそんな強くないねん。静かに抑えて、ほんで次盛り上がるで」

北島君はそう言いながら、何度も「大地讃頌」を弾いてくれた。だんだん俺の中に本物の「大地讃頌」が入ってくる。

「次は強弱を大げさにつけて弾くから、それに合わせて体の動きを変えて歌ってみて」

「お、おう」

「母なる大地を。平和な大地を～、ここは広がる感じ。雄大な大地のイメージや」

「なんかわかる」

「さあ、クライマックス突入やで」

北島君はちょこちょこコメントを入れながら、一緒に歌ってくれた。俺も調子に乗って、いっちょ前に指揮者っぽく手を振り、身体を揺らしながら歌った。

「難しいけど、なんかおもろいな」

「ほんまに」

「俺、大地に感謝してまいそうや」

「そりゃええことやん。じゃあ、仕上げにめちゃくちゃ『大地讃頌』しとこ」

最後に二人で歌って、自分らでパチパチ拍手を送った。

「指揮もだいぶええ感じになってきたから、明日からの練習はばっちりやな」

北島君はピアノのふたをそっと閉めた。その仕草がすごくなじんでいて、ピアノなんてものが日常生活の中にまったくない俺はそれだけで感心してしまった。

「北島君、ほんま天才やな。ピアニストになれるわ」

「無理無理」

北島君が笑った。

「そやけど、高校生でこんなにピアノ弾けるやつって、おらんやろ?」

「まさか。僕ぐらいのレベルのやつなんて、日本に五万とおるよ」

「こんなすごいやつが五万人もおるんか⁉」

日本がそんな音楽大国だったとは知らなかった。北島君みたいな高校生が五万人もいたら、日本の未来はすごい。

「正確に数えたわけちゃうけどな。とにかく、僕が弾けるのはここまでやねん。これ以上はうまくならん。だから、プロは無理や」

「なんでそんなん勝手に決めるん？　練習したらわからんやん」

「わかるわかる。練習したって今の状態にほんの少し上乗せされる程度やな。可能性信じてがんばる年でもないし」

十八歳の北島君は別に寂しそうでもなく、そう言った。

「なんかややこしいな。俺、芸術家ちゃうからそんなんわからんわ」

「戸村かって好きで料理作るのと、客のために中華作るんとはちゃうって思うやろ？」

「そうなんかなあ」

俺にはその違いはわからない。自分用の夕飯を作ることもあるけど、客のために作るのと違いは感じない。

4

「なんや、コウスケ。めっちゃはりきっとるやないか」

「大地讃頌」を口ずさみながらラーメンを運んでたら、山田のじいちゃんに言われた。

「そうなんよ。じいちゃんもなんとか言ったたって。朝から晩までこれやの。起きた瞬間から寝る直前まで歌ってるんやから、こっちはノイローゼになりそうやわ」

お袋はじいちゃんに愚痴った。

「お袋はわかってへんなあ。音楽ってのは生活そのものなんやで。ノーミュージック、ノーライフや」

「よう言うわ。あんたいつから音楽家になったんや」

「いつからって、生まれたときからに決まっとる。じいちゃん、今度高校で合唱祭あるやろ? あれで俺、指揮すんねん。命かけてんやな、これが」

「ほお、命がけで指揮すんのかいな。すごいなコウスケは。浪花のマッカーサーやなあ」

じいちゃんは感心した。

「マッカーサー? 世の中にはいろんな指揮者がおるんやなあ。とにかく、母なる大地のふところに、われら人の子の〜やねん」

「えらいハイカラな歌やなあ。ロックってやつか?」

「ちゃうちゃう、そんなハイカラなことあれへん。すごいええ歌やから、じいちゃんも見に来てや」

「おう、コウスケが指揮するんやったら、見に行かなあかんなあ」

山田のじいちゃんは嬉《うれ》しそうに言った。

「そやったら、みんなで横断幕作らんな。わし、嫁さんにビデオ借りとくわ」

広瀬のおっさんも盛り上がり始めた。

「あかんっておっちゃん。横断幕とかやめてくれや。体育祭ちゃうねんから。それにビデオ撮ったって、俺指揮やし客席からはけつしか見えへんで」

「何を言うとる。のど自慢かって、客席横断幕だらけやないか。声援は実力を三倍にするんや。阪神が優勝できるのもファンの応援があるからやで」

「ありがたいけど、ほんまマジでやめて。合唱祭は文化的行事やから、横断幕とか浮きまくるって。今回はいつもの俺とはちゃうねん。頼むわ」

この人らは本当にやりかねない。運動会だけじゃなく、小学校の卒業式でも中学校の卒業式でも横断幕を張られた。俺は真剣に釘を刺した。

「コウちゃん、なんや、コンサートで指揮するんやて」

出前先で尾崎のおばちゃんにも言われた。この町の情報網は、スピーディ且《か》つ毎回若干大げさになる。

「コンサートって、学校の合唱祭やで」

「そやけど、コウちゃん球技大会でも活躍して、次は音楽ってジャニーズみたいやな」

「大げさやな」

この辺のおばちゃんらは、すぐ吉本入れとか、ジャニーズ入れとか、宝塚入れとか言う。身内びいきもはなはだしい。

「おばちゃんとこの健ちゃんも、三年生やし合唱祭はりきってるやろう？　健ちゃん四組やで俺のライバルや」

「健一はそんなん全然。受験のせいにして、ほんまなんもやらんわ」

「そうか。そうかもしれんな」

戸村飯店の中にいると忘れてしまいそうになるけど、みんな受験生なのだ。一緒につるんでた森田も佐々木も最近予備校やなんやって付き合いが悪い。ちょっと前までは店の手伝いで遊べない俺がとがめられてたのに、今は俺が一番暇な感じ。もしかして今の俺って、岡野だけじゃなく連れにも置いてきぼりくらってるんかな。いや、そんなことない。俺は俺の道を進んでるんだからこれでいいはずだ。

「よし」

俺は一人で言い聞かせて、全速力で自転車をこいだ。

5

「遅なったし、戸村君、夕飯食べてってよ」

北島君のお母さんが言った。

合唱祭前日。学校では音楽室の割り当てが滅多に回ってこず、なかなかピアノと合わせられない。だから、北島君の家で指揮の練習をしていた。

「ほんまに。そうしたらええよ。で、ついでに泊まってったらええねん」

北島君も勧めてくれた。

「泊まるんなあ」

「着るもんも、歯ブラシも、なんでも貸したるし。遠慮せんとって」

「そうそう、ゆっくりしてってちょうだいよ。夕飯も多目に作ったんやし」

「そうしようかな」

北島君の家はきれいな一戸建てでしゃれているけど、テレビが古い型のものだったり、ぶらさがってるカレンダーがアンパンマンの柄だったりして、堅苦しくなくて居心地がよかった。もう少し指揮の練習もしたかったし、なんとなくまだここにいたかった。

「決まりやね」

お母さんはにこりと笑った。同じくらいの年のはずなのに、俺のお袋より若く見える。

「ありがとうございます」

「じゃあ、家の人心配しはったら悪いし、戸村君、おうちに電話しといて」

北島君のお母さんの言葉に、ものすごく懐かしい気持ちになった。

連れとマクドやガスト行って飯を食うことはしょっちゅうあるし、夜遅くまで遊ぶこともたまにある。でも、友達の家に行って家族に会って一緒に夕飯食べてお泊まりって、なんかすごく懐かしい。小学生のとき以来だ。

店のことが少し気になりつつも家に電話すると、「迷惑かけたらあかんよ。行儀ようしなさいよ」と、しつこく念押ししながらも、お袋はなぜかちょっと嬉しそうだった。

仕事で遅くなるというお父さんを待たず、北島君とお姉さんとお母さんと俺とで食卓に着いた。きちんとテーブルに並んで食事を食べるなんて、我が家では滅多にない。仕事の合間に店で食べる。それが俺の普段の食事だから、ゆったりした食事の空間に少々戸惑ってしまう。

北島君とそっくりなちょっときれいなお姉さんは、

「なんか、全然純一と雰囲気ちゃうねえ」

と、俺のことを評した。

「そうっすか？」

「うん。豪傑」

「ゴウケツ？」

「なんていうか、なんでもガツガツ食べてしまいそうな感じ」

褒められているのかけなされてるのかいまいちわからなかったけど、とにかく、夕飯を残さず食べないといけない。

夕飯のメニューは白っぽいきのこ入りカレーだった。

「戸村君のおうちお店やってはるから、なんかおばちゃんの料理なんて恥ずかしいねんけど」

北島君のお母さんはそう言いながら、サラダと白いカレーをテーブルに並べた。同じ種類の食器にグラス。銀のスプーンにフォーク。きっとごく当たり前のことなのに、それだけで目を見張る戸村飯店次男の俺。

「いやいやいや、そんなことないっすよ。毎日チャーハンとかばっかり食べてるから、洋食？　って言うんすか、めっちゃありがたいです」

俺はそう言いながら、いただきますと手を合わせた。

「どう？　戸村君」

お母さんは俺の口元を見た。

「うまいっす。あれ、でも、このカレーって、あんまり辛くないですね」

一口食べて、びっくりした。いくら上品な北島家とはいえ、カレーがまったく辛くない。カレーの王子様で作ったって、もうちょいピリッとしてるはずだ。

「それ、カレーちゃうもん。ビーフストロガノフやよ」

北島君のお姉ちゃんが笑った。

「なんすか、それ？」

「なんすかそれって、まさにこれやん。さすが豪傑」

お姉ちゃんはまだ笑ってる。

「生クリームとヨーグルトで煮込んでるのよ。あんまり口に合わへんかしら」

お母さんが言った。

「いやいやいや、ラーメンとチャーハンくらいしかわからへんから、知らんかっただけで。なんや、うん。おいしいです」

「無理せんといてや。嫌やったら残したらええやん。僕、野菜炒めとか作ったるよ」

優しい北島君はそう言った。

「そんなん、全然。なんかおいしなってきたし」

「ほんまに？」

「うん。ほんま」

最初はパンチのないカレーだと思ってたけど、食べているうちに本当にだんだんおいしくなってきた。ビーフストロガノフなんて名前すら聞いたことなかったのに、どことなく懐かしい味。お袋はこんな料理作れないだろうし今後食べる機会はなさそうだから、結局俺は二杯もおかわりした。

「なんや、眠れへんな」

「ほんまに。明日本番やもんな」

たっぷり夕飯を食べて、少しだけ指揮の練習して、ゆっくりお風呂に入ってから、俺たちは布団に寝転がった。北島君の部屋はクーラーが効いていて静かで、俺の部屋より何倍も寝心地が良いはずなのに、目はしっかり冴《さ》えていた。

「北島君も緊張しとる？」

「どうかなあ。僕ただのピアノやし、そうでもないわ」

「ただのピアノって、ピアノ大変やん。指が震えたら弾かれへん」

「指は指揮者の指示通り動くだけやから、勝手に震えたりせえへんよ」

「すごいなあ。俺、めっちゃドキドキしてる。もう今すでに心臓の音聞こえとるし」

「さすが指揮者やな。何分の何拍子？」

北島君が笑った。

「マッハ百分の百拍子や。このまま明日まで寝れんかったら、俺、指揮台の上で倒れてまうわ」

「合唱祭で倒れるやつなんて見たことないけど、そうなったら最優秀賞もらえるかもな。僕、戸村が倒れてるとき、ちょっと感動的なBGM弾くわ」

「それええな。どんな曲？」

「そやなあ。涙をそそるやつやないとあかんから。うーん、涙《なだ》そうそうとか、栄光の架橋とか。タイタニックのテーマとかでもええかも」

「あほらしいけど、おもろいな」

「ほんまに。こうやって寝転がりながら、話すんはおもろいね」

そうだ。兄貴とは毎日こうやって寝てたんだ。もちろん、何も話はしなかったけど。あいつは学校も辞めて、どうしてるんだろうか。ほんの少しだけ兄貴のことを思い出した。

「今度、戸村の家にも行かせてや」

北島君が俺のほうに寝返りを打った。

「別にええけど、でも、北島君、俺んち来たら引くで」

「なんで？」

「家中、中華のにおいやし、家族中あほみたいなことしゃべっとるし、ガラの悪いおっさんらが入り浸ってるし。だいたい、ストロガノフもゴルバチョフも一生食卓に並ばんような家やねん」

「おもろそうやん」

「まあ活気だけはあるかな」

「そやったら、招待して」

「そやな。こうやって行き来するんも楽しいしな」

「ほんまに」

北島君の「ほんまに」はええなあ。すごい本当、って感じがする。そんなことを思いながら、俺はうとうとと眠っていた。


発表直前、俺は三回もトイレに駆け込んだ。

「あかん。緊張しすぎて腹痛い」

「なんやの、根性ないなあ」

「根性の問題ちゃうわ。勝手に腹がきゅうきゅう言うんやって」

「あほちゃう？　おなかにそんな主体性あるわけないやん。しっかりしてよ」

ぎゃあぎゃあ騒いでたら、岡野に背中を殴られた。

「そうや。落ち着いてや、コウスケ。絶対最優秀賞取ろうや！」

「最優秀賞取ったら……！　ふふふやしな」

森田や武井も盛り上がっていた。そうだ、俺の大事な高校生活の残り少ない行事。絶対成功させたい。それに、最優秀賞にちょっと賭《か》けてもいる。

「戸村の指揮どおりに弾くから」

北島君は俺のそばに来てそう言った。

「ああ、そやな」

「よし！　みんなでかい声出すで」

俺らはそう声をかけあい、ステージに向かった。

目の前にみんながきちんと並ぶ。俺が指揮台に上ると、三十八人のクラスメートが俺のほうに顔を向けた。ピシッとそろっている。気持ちいい眺め。指揮台はピッチャーマウンドの八倍、緊張感がある。野球ではボコボコに打たれたけど、今日はそういうわけにはいかない。俺はピアノのほうに顔を向けた。

北島君は椅子《いす》の高さを調節し、ゆったりと腰掛けた。そして、確かめるように指を軽く鍵盤《けんばん》の上においてから、俺に小さなうなずきを一つ送った。

始まるのだ。もう行くしかない。落ち着け戸村心臓。俺は小さな深呼吸をしてから、手を挙げた。

みんなが合唱の姿勢を作る。手を振り下ろすと、北島君のピアノが鳴る。みんなの息を吸う音までもが俺の耳に入る。スタートが切られた。

～母なる大地のふところに　われら人の子の喜びはある　大地を愛せよ　大地に生きる～

最初はゆったりと静かに。そして、静かながらも雄大に。指先が震えているのがわかる。気持ちははやるけど、走ったらあかん。ここは丁寧に丁寧に歌詞を拾っていく。

～人の子ら　人の子　その立つ土に感謝せよ～

バス、テナー、アルト、ソプラノ。各パートでつないでいく。俺はそのたびにそちらのほうへ身体を向けた。応えるように声が返ってくる。みんな真剣に俺を見ている。次第に声が一つになって広がっていく。

そして、間奏。北島君のピアノソロは完璧だ。北島君は俺の指先をじっと見据えながら、鍵盤を叩いていく。ピアノにどんどん命を吹き込むように叩いていく。俺の指先からこぼれるように、ピアノの音が響く。やっぱり北島君、めっちゃピアノうまいやん。僕のピアノはここまでやって言ってたけど、前よりまたすごくなってる。俺は北島君の弾くピアノがほんまに好きやと、また思った。

間奏を弾き終えた北島君が俺に合図を送った。「さあ、行けよ」ってこと。ここから少しずつ盛り上がっていくのだ。

〜平和な大地を　静かな大地を　大地をほめよ　たたえよ土を〜

穏やかな静寂。ラストスパートが始まる。女子パートと男子パートの声が重なっていく。それをまとめていかなくちゃいけない。みんなの声がどんどん大きくなる。でもまだ急ぐな。まだ走るな。一番最後に向けて今は力を溜《た》めろ。はやる俺の指揮を北島君のピアノが抑える。

〜ほめよ　たたえよ　土を　母なる大地を　たたえよ大地を〜

クライマックスに向けて音が高くなり、雄大な声が響く。身体には音楽がこぼれんばかりに満ちていた。ラストを迎え、指先に溜めた力が一気に解き放たれる。身体はもう勝手に動いていた。完全に北島君のピアノに、みんなの声に乗っていた。指揮台から落ちそうになりながら、最後の声を捕らえ、俺の手は合唱を閉じた。

とんでもない疲労感だった。指揮台から降り、観客席に頭を下げたときには、野球でいうなら炎天の下《もと》、二ゲーム終えたくらいだ。

完璧な合唱だった。成功だ。鳥肌がしばらく収まらなかった。歌い終えたみんなの顔も上気していた。

しかし残念だけど、最優秀賞は逃した。俺らが打ち込んできたように、どのクラスだって必死だったのだ。最優秀賞は三組だった。ややこしい英語の歌をアカペラで歌いやがった。俺ら二組は二位。みんな満足そうにしていたし、女子は半分ほど泣いていた。良い合唱祭だった。

閉会式を終え教室に戻ろうとしたとき、北島君が俺の前までやってきてすっと手を差し出した。

「何？　まさか握手？　なんか、照れるやん」

「楽しかったわ」

俺は漫画みたいに頭をかいたけど、北島君はさっと俺の手を握った。こういうことを躊躇《ちゅうちょ》なくできるところが、北島君と呼ばれる所以《ゆえん》かもしれない。

細いけどしっかりとした指。あの音を奏でた指だ。そう思うと、俺も思わずしっかりと手を握り締めてしまった。

「ありがとう。俺、北島君に教えてもらったからなんとか指揮できたんやわ」

「僕も戸村が指揮者でさ、おもろかった」

「また、なんかこんな風なことやろうや」

「ほんまに」

北島君は微笑んだ。

6

二位だろうとなんだろうと、二組の合唱に俺は大満足だった。家でも広瀬のおっさんが撮ってくれたビデオを繰り返し見た。みんなの歌声も北島君のピアノも、何度聞いてもすばらしい。お袋も「よう飽きんと自分のお尻ばっかの映像見てるわ」と言いながらも一緒に見ていたし、演歌しか聴かない親父もたまにうっかり「大地よ、大地」と口ずさむようになった。口にするとちょっと寒いけど、宝物のような合唱祭だった。

しかし、ただ一つ、最優秀賞を逃して拍子抜けしたことがある。二位ではどうしようもないことがある。そう、岡野のこと。優勝したら告白しようと決めていたのだ。

「なんや、しょぼくれた顔してコウスケにも悩みあんのか？」

浮かない顔で酢豚を運んでいると、竹下の兄ちゃんにつっこまれた。

「まあちょっとな」

「まあちょっとなやと、しょっとるがな」

広瀬のおっさんが二杯目のビールを注ぎながら、興味津々の顔を向けた。

「別になんもしょってへんわ」

「歯切れの悪い反応やなあ。こりゃ、まさしく恋の悩みや」

「おい、親父。息子が恋しとるど」

おっさんに言われた親父は、「ええかげん、恋の一つくらいさっさとやってもらわな、困っとる」と、答えた。

「よしよし、コウスケ。まあ、座れや」

「ボンはようモテとったけど、コウスケは初ロマンスやからなあ」

兄ちゃんたちは嬉しそうに俺を自分らの真ん中に座らせた。戸村飯店の中では隠し事は成り立たない。

「相手はどの子や」

「どの子か言うても、おっさんらわからんやろ?」

「そりゃそうやけど、教えてくれや。いくつの子や? 悩んどるってことは人妻か?」

竹下の兄ちゃんが身を乗り出してくる。

「あほな。なんで人妻やねん。同じクラスの子や」

たいしたこと答えてないのに、店の中にヒューヒューと口笛が響く。お袋が、「あんまりいじめたらんといて。また夜な夜な歌われたら困るし」と、助け舟を出してくれたけど、誰もそんなことなんて聞いてくれなかった。

「相手はお前のこと知っとるんか？」

「同じクラスやからな」

「お、そやったら口きいたことあるか？」

「そやから、同じクラスやって」

「なんや結構進んどるわな。コウスケも隅におけんなあ」

広瀬のおっさんが俺の肩をつついた。

「どんな顔してるねん。かわいいんかいな？」

「竹ちゃんは面食いやな。顔なんてもんはどうでもええがな。大事なんは性格やで。気立てはええ子か？」

「それよりなにより、好きやってことはちゃんと言ってあるんか？」

一気に質問された俺は、とりあえずひっくるめて答えた。

「まあかわいいと俺は思う。性格はそやなあ、強引やけど素直やし明るいしええ子や。好きやって気持ちは言うてへん。なかなかタイミングがつかめへんねん」

「ええなあコウスケ。なんか純情やなあ。おっさんも若いころそんな淡い恋を抱いてたなあ。これでもわし、高校のときはスラリとしててな、どっちかっていうとボンみたいな感じでようモテたんやで」

四十年以上前の話だから真実を確かめようがないけど、どこにもそんな面影の残らない広瀬のおっさんが言った。

「あっそう」

「そやけど、コウスケ。お前らしくもない。好きなんやったら、タイミングやなんや言うてんと、さっさと告白してしまえや」

竹下の兄ちゃんの言うとおり。普段の俺だったらすぐに告白するだろう。悩むなんて面倒くさい。なのに、岡野のことは二年以上回り道をしまくっている。兄貴のことがあったせいか、本来の俺は奥手なのか、なかなかうまく進めていない。

「そうは簡単にはいかんねん」

「結局はコウスケ、案ずるより生むが横山やすしやで」

「そやそや、恋愛なんてプッシュや。プッシュブッシュ大統領や」

竹下の兄ちゃんも広瀬のおっさんも完全に出来上がっている。

「そんな深刻にならんでも、コウちゃんふられたら、おばちゃんが付き合ったるやないの」

島田のおばちゃんが頭をなでてきた。まったく、戸村飯店ではどんな悩みもギャグにしかならない。

「もうええわ。自分で解決するし」

俺は席を立ち上がった。いつまでもおっさんらの酒の肴《さかな》にされてる場合じゃない。

「コウスケにそんなことできるんかいな」

「できるできる。連れに相談するし」

「お前の連れってあの連中やろう？　わしらと言うこと同じやで」

確かに。森田や佐々木が、「岡野やろ？　そんなん体育館の裏呼び出して、プッシュしてダッシュで逃げたらええ」みたいなことを言ってる姿は簡単に浮かんだ。でも、俺の連れは森田や佐々木だけじゃない。


一学期終業式の日、「約束してたし、泊まりにおいでや」と誘うと、北島君はほいほいとやってきた。

親父はエビチリとかカニ玉とか、ちょっとだけよそいきの中華をたっぷりと作ってくれた。小さな食卓にずらりと並べると、誰かの誕生日みたいだ。兄貴が高校生になるくらいまでは、いつもこうやって家族で誕生日を祝っていた。

「すげえ。戸村って、こんなん普通に食べてるん？」

北島君は姿勢正しく座布団の上に正座をして、目を輝かせた。

「普通に食べてへん。いつもはせいぜい酢豚か、野菜炒めかや。しかも、店の隅で食っとるし」

「それでも、なんかええなあ。プロの作ったもんを食べれるって、贅沢《ぜいたく》や」

北島君は本当にうらやましそうに言った。

「ま、雑多やけど、味だけはええはずやし、いっぱい食べてや」

「いただきます」

北島君は一つ一つ口に入れるたびに、「うまいな」と、感動してくれた。嬉しそうに食べる北島君を見てると、食べ慣れてる親父の料理もいつも以上においしく感じた。

「店バタバタしてあんまりかまわれへんけど、ほんま自由にしてね」

お袋はそう言いながらも、「ファンタ飲む？」だの、「遠慮せんともっと食べなあかんよ」だの、「正座してんと足崩してや」などと覗《のぞ》きに来た。

「落ち着かんやろ？」

「そんなことないよ」

「金曜やから、客多いねん。ごめんなあ。いつもはもうちょいましなんやけど」

扉を閉めてても、店の騒々しさはそのまま入ってくる。うちの客はみんな声がでかい。

「いいやん。活気があって」

北島君は本当に気にならないようで、ニコニコしながら結構な量の中華料理を食べきった。

夕飯を食べた後、二人でご機嫌に「大地讃頌」を歌いながら銭湯に行き、帰りに買ったアイスキャンデーを部屋で食べた。

「なんか、友達が家に来ると昔に戻るなぁ」

「ほんまに」

「まさに夏休みって感じ」

俺はごろりと布団の上に寝転がった。北島君も同じように寝転がる。

「戸村の兄ちゃんって、今何してんの？」

北島君が兄貴の机やたんすを見ながら言った。

「どやろなあ。東京行ってんけど、何してるかはようわからん」

「ようわからんって？」

「ええ加減なやつやから」

「ええ加減？　戸村の兄ちゃんめちゃええ人やん」

「ええ人ってかあ？　なんで北島君が知ってるん？」

「ほら、去年いつも挨拶《あいさつ》運動で校門のところ立ってはったやろ？」

「ああ。あいつ生徒会の役員みたいなん、やっとったからな」

アホ兄貴は家では働きはしなかったけど、学校という場では小学生のころからちょこまか働いていた。教師のご機嫌取りだったのか女の子にモテたかったのか、とにかくさっさと動くタイプだった。

「戸村の兄ちゃん、いつも笑顔で挨拶してくれてさ、素敵やなって思っとった」

「要領かましやから、そういうの得意やねん」

「そういうのとちゃうよ。ほら、他の生徒会の人らはさ、はいはいおはよう、挨拶運動とか面倒やけど、とりあえず立って頭下げとこかみたいな感じやったけど、戸村さんはほんまに笑って、おはよう～、お、君、吹奏楽部やんね？　今日もがんばるんやで～、とかって声かけてくれてさ。僕は好きやったな」

「あいつは愛想振るのだけは上手やからなあ。ま、モテたかったんちゃうか」

「モテたかったたって、僕男やん。でも、戸村さん、だいたいの生徒のことはわかってはったやろ？　時々、名前で呼んでくれるのとかって、僕ら後輩は結構喜んでたんやで。やっぱり、お店やってはるからそういうことが自然にできるんやな」

「兄貴は店なんかに出てへんわ。ただ利口なだけや」

「戸村って、えらい兄ちゃんをライバル視してんねんな」

北島君がおかしそうに言った。

「あほな」

「でも、兄ちゃんに厳しいやん」

「ライバルなんて思ったこともあらへんわ」

「ほんまに？」

「ほんまほんま。あいつとは生き方も考え方も違いすぎとるねん」

正直な気持ちだ。ライバルとか意識をしたことすらない。兄貴とは全然接点のない違う道を歩いているって感じ。競うことも関わることもない。

「ま、とにかく戸村さん、格好良かった」

「ふうん、そりゃよかったな」

「ええな。兄弟って」

北島君はすぐにうらやましがる。狭苦しくて油っぽい和室での夕飯も、騒がしい店を通らないといけない我が家の造りも、下品なおっさんらのことも褒めてくれた。

「北島君かて、姉ちゃんいるやん」

「そやけど、男同士の兄弟とは全然ちゃうやん。僕も兄ちゃんか弟かほしいわ」

「男同士やってもなんもええことないで。遊ぶわけでも話すわけでもないし」

「そんでもうらやましい。目の敵にしてみたり、仲悪くなってみたり、結局はなんかええ感じやん」

「北島君はどえらいポジティブシンキングなんやな」

もう十二時を過ぎている。俺はまめ電球にして、扇風機のタイマーを入れた。そろそろだ。

本気で眠ってしまう前に、岡野のことを相談しなくては。そのために北島君に来てもらったのだ。だけど、いざとなるとどう切り出していいものやらタイミングがつかめなかった。そもそも、北島君とは合唱祭の話くらいしか真剣にしたことがなかった。ふざけた感じで行こうか、ズバリと言おうかと悩んでいたら、北島君が、

「そうそう、知ってる？ 僕、二年の子にこないだ告白されてん」

と言い出した。その発言のあまりの意外さに、重大発表にもかかわらず俺は、

「あ、そうなん？」

と、間抜けな答えをした。

「そうなんよ」

「えっと、誰？」

「橋本さん。合唱祭のピアノが格好よかったとか言われてもうたわ」

「よかったやん」

「そうかなあ。でも、断ってん」

「なんで？ 北島君好きな子おらんのやろ？」

「だって、別れるの決まってるやん」

「決まってるって、なんでやねん」

「だって、あと半年で僕ら卒業やろ。大学と高校って別々になるのわかってるやん。さほど、橋本さんのこと好きでもなかったし。逆に、半年間でめっちゃ好きになったら、卒業するとき面倒くさいし」

北島君は残酷なことをさらさらと言った。橋本さんがかわいそうだ。

「なるほどなあ」

「戸村は？」

「へ？」

「戸村はそういう話ないん？」

「あ、ああ、俺は」

俺はこっそりと深呼吸をしてから、

「実はな、ここだけの秘密なんやけど、俺、一年のときからずっと好きな子がおるねん」

と、打ち明けた。

「岡野さんやろう」

「うん、そうや。って、なんで北島君知ってるん⁉」

北島君の自然な反応に、俺は思わず起き上がってしまった。

「知ってるよ。っていうか、そんなん全校生徒みんな知ってるんちゃうん？」

「全校生徒⁉」

全校生徒って、誰やねん。俺がひそかにはぐくんできた大事な恋を知ってるやつがそんなにいるのか？　佐々木や森田くらいしか知らないはずなのに、いつの間に広まったんだろう。

「そんなに気にせんでええやん」

北島君はのんきに寝転がったままで言った。

「そうなんかな」

「そうそう、そうなんやって。で、うまくいきそうなん？」

「それが全然あかん。俺、合唱祭で優勝したら、デートに誘おうと決めててんけど、二位やったし」

「そのルール、戸村の中だけで決まってるんやろう？」

北島君はけらけら笑った。

「まあそうやけど」

「そやったら、最下位でも二位でも誘ってみたらええやん。全校生徒が戸村の気持ち知ってるってことは、岡野さんかって戸村の気持ち知ってるで」

「そやろか」

それはかなり恥ずかしい。だけど、十分その可能性はある。岡野に悟られてると思うと、汗がじんわりと出てきた。

「気持ち知られてるのに、じっとしてんのも変やろう？」

「確かに」

「ってことは、まごまごしてんと誘ったらええやん」

「北島君って、意外に大胆やねんな」

「夏休みを制するやつが女も制する。やろ？」

北島君は予備校生みたいなことを言うと、「じゃ、決まり！　夏休み中に岡野さんとデートすることが戸村の宿題な」

と、勝手に決めて寝に入ってしまった。

7

岡野は地元の短大に行くと言っていた。だから、引越ししたりすることはないだろう。卒業したって、遠距離にはならない。短大生と中華料理屋。立場にちょっと温度差はあるかもしれないけど、それぐらいの溝は余裕で埋められるくらい俺は岡野のことが好きだ。こないだ岡野は失恋したと言っていた。ということは、兄貴のことはもういい。野川高校の全校生徒に知られた今、もじもじしてるのも格好悪い。告白するしかない。俺は同じようなことをぐるぐる思い巡らして、ようやく岡野に電話をかけた。

「どうしたん？　コウスケが電話してくるなんて初めてやん」

声だけでも岡野は十分かわいい。それでもって、声だけだと普通に話している何倍も緊張する。電話は手軽なようで、恐ろしいアイテムだ。

「まあ、夏休みやからな」

声が震えそうになるのを抑えるため、俺は胸のあたりを二、三回叩いた。

「どうせ、宿題写させろとかやろ」

「ちゃう。そんなんちゃう」

「じゃあ、何？」

「あの、岡野、夏休み一日だけ、俺にくれ」

長く時間がかかると心臓が破裂しそうだ。俺は即用件に入った。

「一日？」

「そう、どっか行こう」

「どっか？」

「どっか。とにかく遠くに行こう」

「遠くって？」

岡野は俺の緊張そっちのけで、いつもとまったく変わらない調子で答えた。

「岡野、いつ暇や」

「いつって、まあ夏休みやし、勉強もしなあかんけど、だいたいは暇かな」

「そやったら、明日。明日どっか行こう」

強行な計画だけど仕方がない。余分な待ち時間は俺を狂わせてしまう。即断即決即実行じゃないと、身体が持ちそうにない。

「なんやのそれ？　いまいちわからへんのやけど」

「わからんでもええわ。とにかく明日な、えっと、明日、俺迎えに行くわ。えっと、十時。朝のやで」

「コウスケ、何を慌ててんのよ」

「なんも慌ててへん。明日、大丈夫？」

「大丈夫は大丈夫やけど」

「じゃあ。明日な」

俺は一気に話を進めると受話器を置いた。どっと疲れが出て、めまいを起こしそうだった。ピッチャーマウンドとも指揮台とも違う爽快感のない重い疲れ。まあいい。とりあえず約束まではこぎつけたのだ。

まだ七時を回ったところ。店はこれから忙しくなる時間帯ではあったけど、手伝う体力は残ってなかった。明日のために英気を養わないといけない。俺は八時には布団に入り、冴えまくる目と跳ね上がる心臓を気合で押さえ必死で眠った。

デート当日。俺は早く起きてジョギングめいたことをし、朝から酢豚を食べて体調をばっちり整えた。でも、結論から言うと岡野とのデートは失敗に終わった。体力と気合だけでは乗り切れないものが世の中にはある。

北島君が「奈良公園がいいよ」と勧めてくれた。ほどよくゆったりできるし、退屈しそうになったら鹿と遊べばいいから。どう転んでもそれなりにうまくいくんじゃないかって。北島君も中学生のとき、デートで奈良公園に行ったらしい。中学生で奈良。俺の周りの人たちは案外たやすく、県を越えているのだ。

難波《なんば》で近鉄電車に乗り変えて、一時間足らず。イメージトレーニング通り、スムーズに奈良まで行くことはできた。公園には予定通り鹿ももりもりいた。でも、それだけだ。

岡野は制服じゃなくジーンズとシャツを着ていて、俺はいつもの何倍もびびっていたけど、いつもと同じ。電車の行き先が野川高校ではなく、奈良になったってだけだ。高校に行くときとほぼ同じ内容の話をして、ほぼ同じリズムで歩いた。

「そういえば、奈良って小学校のとき遠足で来たね」

岡野はそう言って、大仏を見上げた。

「そうやったっけ」

「そうやよ。でも、前より大仏が小さく感じる。うちら大きなったんやね」

どの瞬間の岡野ももれなくかわいかったけど、どうしようもなかった。時々寄ってくる鹿に歓声を上げたり、昼に一緒にマクドを食べたり、合格祈願にとお守りを買って渡したりはした。奈良名物だという蕨《わらび》もちを並んで食べ、大吉のおみくじを引き当てもした。でも、だめだ。

遠く、っていっても、奈良。俺の遠くは奈良どまりだ。高校生なのに、もう十八歳なのに、県越えるだけで参ってしまう。俺が調子乗ってるのって、野川高校の中と戸村飯店の中だけ。そこから出るとたんに勢いがなくなる。

帰りの近鉄電車の中、岡野は完全に爆睡していた。

「うわ、ごめん。ちゃんと起きてんとあかんって思ったんやけど、眠気に勝てんかった」

目覚めた岡野は謝ってくれた。

十八歳の夏、戸村コウスケは完全にふられてしまった。

第 4 章

1

「なるほど。これがロハスか」

俺はアボカド丼を食べながらしみじみと言ってみた。

「これがロハスかって、どこがロハスかわかってるの？」

アリさんがにやにや笑う。

「うーん。このアボカドがロハス？　いや、この米粒のこと？」

「戸村君、そもそもロハスの意味わかって使ってる？」

「なんとなくね。ウエハースとかトレハロースの仲間っぽいから、自然な甘みって感じちゃうかなって予想はしてるんやけど」

アリさんが爆笑した。

「違うわよ。ロハスはなんかの頭文字をとってるの。なんの頭文字かは忘れたけど、素材を生かし、地球に優しく、身体にも良い、みたいな感じだよ」

「ほんまに？」

「うん。本当」

「なんだ、もっと難しいことやと思ってたら、吉野家《よしのや》みたいな感じじか」

俺の大阪弁は日に日に東京弁に感化されておかしなことになってる。アクセントは関西弁のままなのに、関東の言葉が混ざって自分でも時々笑えてしまう。

「吉野家？」

「うん。早いの、うまいの、安いの。みたいな感じやろ。そんなん、俺の実家では創立当初から実行中やで」

「早いうまい安いとは全然違うわよ。どっちかというと、スローライフとかスローフードみたいなのの一種じゃないかな」

「なんやそれ？」

「あくせくせずに自然とともにゆったりしましょうみたいなやつよ」

「ややこしいわあ。こないだプチ整形とちょいワル親父をマスターしたばっかりやのに」

　知らない間におばちゃんたちは少しだけ顔を治し、おっちゃんたちは少しだけ非行に走っている。そんでもって、ごはんだけはゆっくり食べるんだから忙しい。もちろん、大阪でも流行《はや》りは次々変わっていったけど、東京は三倍速だ。しかし、スローフードなんて聞いたら、親父はずっこけるだろう。熱いものは熱いうちに、冷たいものは冷たいうちに食えと、客に怒鳴りだしそうだ。

「早く覚えないと追いつかないよ。デトックスとスピリチュアルも覚えないといけないのに」

「ほんまに。もう、単語帳買おうかな」

「そのほうがいいかもね。じゃあ、何か気の利いたコメントちょうだい」

お気楽にアリさんが言った。

岸川先生。岸川アリサだからアリさんと呼ぶ。アリサさんでは舌を嚙《か》みそうになるから。

「そうやなあ。ロハスの風味がよく効いておいしい。で、どう？」

「だからロハス風味って何よ。料理人の息子、カフェのバイト人。もっとまともなコメント言ってよね」

「じゃあ……。うーん、アボカド丼はおいしいです。こういう混ぜた食べ物はだいたいおいしい」

「それって、単に戸村君の好みでしょう？　まあいいや。じゃあ、この春巻きは？」

アリさんは細い身体なのに、パクパクとなんでも食べる。俺も同じように生春巻きを口に入れてみた。中身はサーモンときゅうりと玉ねぎとレタス。そしてまたアボカドが入っている。アボカドはロハス界の希望の星のようだ。

「これはいまいちかなあ」

「いまいち？」

アリさんはもう一つ春巻きを口につっこみながら、首をかしげた。

「春巻きって皮と具の間に余裕がないとあかんやん。揚げたやつでも生のやつでもやけど、具と皮との間の空気が春巻きをおいしくするんやし。これだけ中身が詰まってると、食べたときの食感がもごもごしてあかん。皮の役割が半減してしまってる」

ちょっとまともに意見を述べたのに、アリさんは、

「面倒くさい。食べ物に関してそれだけ理屈言われたら興ざめ」

と、片付けた。

「言えって言うたからやん」

「雑誌にちょっと載せるだけなのに。そんなグダグダ書いてても読者は読まないよ。どこの誰が春巻きの空気感にこだわるのよ。おしゃれな雰囲気の店内に、身体に優しい素材の味を生かした料理。よし、これでいいわ。じゃあ次行こう」

アリさんのこういう大まかなところ、好きなんだろうなと思う。

花園クリエータースクールを辞めてから、週に二度ほどアリさんと食事をするようになった。「好きなんだ。戸村君みたいな子」スクールを辞めた翌日、俺のバイト先に訪ねてくると、アリさんは躊躇《ちゆうちよ》なくそう言った。

戸村君みたいな子。それがどれくらいの重みのある言葉なのかわからなかった。「俺もです」と言うほどアリさんのことを好きではなかったけど、「困ります」と言うほど

関心がないわけでもなかった。答えなんかは求めていないようだったし、ただなんとなく一緒に食事をするようになった。

アリさんは花園クリエータースクールの講師以外に、食べ物関係のことを書くライターの仕事もしてる。その取材もかねてあちこちの店に食べに行く。俺は付き合いで食べてて、アリさんは経費で落としてるのに、支払いは割り勘。「年下だからって気を遣わせたくないのよ。やっぱり対等じゃないと。八歳年が離れてる分、こういうことはきちんとしたいの」とアリさんは言う。

「どこか行きたいところある?」

「じゃあ、ラーメンにしよ。この近くにおいしい所あるって、品村さんに聞いたことある」

品村さんは自分が飲食店をやっているくせに、大阪からやってきた俺に嬉《うれ》しそうにいろんな店を紹介してくれる。「今度ここ行ってみて」「次はあそこへ行ってみて」って。そして、しばらくすると、「行ってみた?」「どうだった?」って感想を求める。まじめな人なのだ。

「風花亭とかって所でしょう?」

「そう。なんかそんな名前やった」

「いやよ」

「なんで？」

「なんか頑固親父がいるらしいもん」

「そう。品村さんも言うてはった。ちょっと怖い親父がいるけど、でも、味は最高らしいよ」

「私は頑固親父のいる店には行かないの」

アリさんはきっぱりと言った。

「なに、その意味不明なポリシーは」

「だって、おいしいもの食べに行って、ごちゃごちゃ言われるのうっとうしいでしょう？　店の親父に気を遣って食べるなんて、おいしさ半減。あんたはニコニコ笑って料理作っておけって言いたくなる」

「そりゃそやけど」

「少々まずくても、気のいい店主のいる店がいい」

「確かに」

「じゃあ、やっぱり最後はＲＡＫＵだね」

「そうやね」

それほどおいしいわけじゃないけど、品村さんの気の良さはお墨付きだ。結局俺たちは最後はＲＡＫＵに落ち着く。

2

カフェRAKUでのバイトはあっさり板について、専門学校を辞めバイトに専念しだして二週間も経たないうちに、俺は厨房《ちゅうぼう》だけでなくホールにも回るようになった。メニューが少ないから、段取りよく作業すると手がすぐに空く。昼と夕方の混雑時以外は余裕がたっぷりあった。それに、この店は造りが悪い。厨房からだと客の姿がまったく見えず、ホールまで回らないと客の反応がわからない。どんな客が来ているのかは気になるし、どのように食べられているのかを見てみたい。だから、俺はしょっちゅうホールに出ていた。

「いらっしゃいませ」

「あ、戸村君だ」

店の周りは会社が多いから、固定客が多い。OLやサラリーマンはこのあたりのいくつかの店をローテーションして昼食をとっているようだ。

「今日は何にしますか？」

「どうしよっかなあ」

「こないだ魚食べてはったから、ハンバーグはどうですか？　秋やし今月からハンバーグはきのこソースなんですよ」

「すごい！　覚えててくれたんだ。うん、そうする」

一ヵ月も店に出てたら、お客さんの顔は自然と覚えられる。それほど新しい客がいない店だから普通のことなのに、少し言葉をかけると予想以上に感動してくれる。商売人の町大阪より、東京では店の人とのコミュニケーションが希薄なのだろうか。コンビニでバイトしていたときの何倍も、ちょっとした言葉がありがたがられる。

「そしたら、ハンバーグ定食二つですね。毎度ありっす」

「戸村君、戸村君」

「あ、いらっしゃいませ。また来てくれはったんですね」

名前は知らないけど、週三日は来てくれるOLのグループが手招きした。

「お土産持ってきたんだ。こないだ社員旅行だったんだよね。これ、戸村君に」

「うわ、ええんすか？」

「安物だけどね。一応三人から」

OLさんがくれたのは、携帯ストラップだった。

「嬉しいです。ありがとうございます」

俺はにこりと笑って頭を下げた。

「戸村君が来てから、お客さん増えたね」

厨房に戻ると、マキちゃんが言った。

「そう？」

「うん。特に女の人がどっとね」

「それはそうみたいやな」

俺は素直に認めた。昔から女子には人気があった。コンビニでバイトしてたときも、何回かお客さんに声をかけられたことがある。

「ほとんどのお姉さんたちは戸村君狙いだよ」

「でも、女の人にしか人気ないんはあかんなあ。しかも、若い女の人だけっていただけんね」

俺はサラダ用のキャベツを千切りにし始めた。心配性の品村さんは先に先に準備をしておきたがるけど、野菜は切り置きすると苦くなるからバタバタしたとしてもこまめに切りたい。

「どうして？　女の人に人気があれば十分じゃないの？」

「そんなことないよ。やっぱり、老若男女に好かれないとあかんやん」

「老若男女？」

「そう。じいさんにもばあちゃんにも小学生にもな」

コウスケのことを少しだけ思い出した。あいつは、おばちゃんにもおっさんにもおじいさんにも子どもにも人気があった。店に来る人、みんなコウスケに声をかけた。

「戸村君って、どこまでストライクゾーン広いのよ」

マキちゃんはけらけら笑った。

「来る者拒まず。ほんでもって、来ない者も呼び込みたいタイプやから」

「忙しいんだね」

「ほんまに。これ、マキちゃんにあげるわ」

三人組のOLさんたちが見ていないのを確認してから、携帯ストラップをマキちゃんに渡した。

「いいの？」

「俺、そういうのつけへんし」

「ってか、どうしてマキに？」

マキちゃんはレジを打っている容子ちゃんのほうを気にしながら言った。

「容子ちゃん、こないだ携帯ストラップ買い換えてたやん」

「そっか」

マキちゃんは「ありがとう」と微笑むと、さっそくポケットの中の携帯に取り付けた。

「また来るね、戸村君」

支払いを終えた若い奥さんたちが厨房のほうを覗《のぞ》いて声をかけてくれた。一週間に一度、ホットヨガ教室の帰りに寄ってくれる人たちだ。ここら辺では、ヨガだってどんどん進化していく。

「ありがとうございます。絶対また来てくださいね。おおきに」

「おおきに」なんて言葉、あの町ですらめったに使わないけど、ここでは関西のノリが大いにうけるから、「おおきに」や「毎度」とかを積極的に使うようになった。

「いやあ、戸村君はおばさまキラーだね」

品村さんが俺を茶化した。

「おばさまって、あの人らまだ三十代ですよ。品村さんよりずっと若いはずです」

「本当に？　女の人の歳ってわからないもんだねえ。でも、戸村君が来て女性客が増えたのは確かだよ」

「次は男性も増やさないといけませんね」

「まじめだね。戸村君は」

「そんなことないですけど」

「いやいやまじめだよ。そんな風に考えてくれるバイトはあんまりいないだろう」

品村さんは褒めて人を伸ばすタイプだ。でも、ちょっと俺を買い被っている。

「まじめっていうか……。最近男の人にも興味が出てきただけですよ」

俺は品村さんにウィンクして見せた。品村さんは「おえ～」と吐くまねをして笑った。

品村さんはちゃんと冗談が通じる。関西人は笑いにうるさいとか言うけど、親父だったらこういうのは通用しない。男のくせに気持ち悪いことするなと一喝《いっかつ》されるだろう。

遅めのランチの客がひき、これからはがくっと暇になる。俺はたまった洗いものにかかった。

「いつも鶏肉が残りますよね」

もったいないと思いながら、俺はいくつかの皿に残った鶏の照り焼きをゴミ箱に捨てた。

「ボリュームがありすぎるのかな」

品村さんもゴミ箱の鶏肉を眺めた。

「それもありますけど、それにしても少し残りが多いんとちゃいますか?」

「よく出るメニューなんだけど、その分、残飯も多いね。一応地鶏なんだよ」

「確かにええ肉ですね」

品村さんのこだわり方は単純すぎる。地鶏や産地直送のものを使えばOKというものでもない。それに、取れたて野菜にしっかり火を通していたり、わざわざ赤味噌《みそ》と白味噌を取り寄せて合わせ味噌にしていたり、いまいち生かしきれてもいない。

「ほんの少しですけど、鶏肉特有の臭みが残ってるからやないですかね」

「しっかり味はつけてるつもりなんだけど」

「味つけは十分なんやと思うんですけど、なんていうか調理する前に臭いをとるって言うか」

「なるほど……」

「えっと、たとえば、オレンジジュースとかりんごジュースとかにつけておくと、ええかなって思うんですけど」

戸村飯店では、から揚げで使う鶏肉の臭みを抜くために、長ネギとしょうがと一緒に冷やし飴《あめ》に一晩つけていた。隣の酒屋のおばちゃんが店で売ってる冷やし飴を残るたびにくれていたからだけど、ここは洋食屋だから冷やし飴じゃなくてジュース。

「いいかもしれないね。よし、さっそく明日の分からやってみるよ」

品村さんは素直に「ありがとう」と、頭を下げた。品村さんは主婦でも実践していることを知らなかったりする。でも、すっと人の意見を取り入れてしまえる人だ。今はまだまだだけど、きっとカフェＲＡＫＵは本当の意味で成功する。

「男好きなのはいただけないけど、戸村君にバイトに来てもらってよかったよ」

「お金もらってるんやから当然です」

「いやいや、さすが料理屋の息子だ」

「関係ないですよ。ちょこちょこするんが好きなだけです。ここが仮に文房具屋やったとしても、逆に俺の実家が散髪屋やったとしても、同じです。自分のいる場所がこまごま気になってしまうんですよ。だいたい、品村さんはお人よしやから、誰でもええバイトやって思わはりますよ」

「そんなことないよ。これだけ料理がうまいバイトはなかなかいないよ」

「まあ、褒めていただいてありがとうございます」

「やっぱり身についてるんだね」

「さあ……」

はたして俺は料理が上手なのだろうか。一人暮らしを始めて、簡単な炒め物や煮物は作るようにはなった。でも、誰でもできそうな料理ばかりだ。RAKUのメニューだって、よっぽど鈍くさくない限り誰でも作れるものだ。


小学校一年生のとき、親父が俺とコウスケに包丁を持たせたことがあった。

「二人とも、厨房に来い」

親父にそう言われたとき、「ついにこのときが来た」と、俺はぞくっとした。親父に試される日が来たのだ。物心ついたときから俺は器用だった。それはお袋も親父も認めていて、ヘイスケは何をさせてもうまくこなすと言われていたし、指先だけは父ちゃんに似ているとも言われていた。

小さいながらに、「期待にこたえたい」そう思った。親父にいいところを見せたい。

少なくともコウスケに負けてはいけない。コウスケはやんちゃで粗雑でいい加減なやつだった。やることは早いけど、ミスも多い。包丁を持つなんてとんでもない。

親父は俺とコウスケに包丁を渡した。俺に渡されたのは、親父が使い込んでいる包丁だった。俺は手が震えた。想像してたよりずっと包丁は重かった。あのずっしりした感触はいまだに手のひらに残っている。何年もたった今でも、初めてのことをするときはあのときの景色が必ず浮かぶ。

コウスケはなんの迷いもなく包丁を動かし、でたらめにジャガイモを切り始めた。後《おく》れを取っちゃいけない。大丈夫だ。俺はふうっと息を吐いた。なかなか震えが止まらないのに、慌てて包丁を動かそうとしたのがまずかった。ジャガイモに刃を当てたとたん、俺は手を滑らして、指先を切った。ジャガイモに赤い血が流れた。切り傷は深く、血はどくどくと止まらなかった。お袋がすぐに救急箱を取りに行った。

コウスケは機嫌良くジャガイモを刻んでいた。ジャガイモは見るも無残な姿になったけど、親父は笑いながら、

「ほんまにお前はできんやつや」

と、コウスケの頭を叩《たた》いた。

俺はお袋に指を手当てされながら、その様子をただ見ていた。親父は俺には何も言わなかった。

もう一度、チャンスはあった。俺はひそかに練習をした。親父は俺に期待しているのだ。コウスケではない、兄貴である俺にだ。今度はミスは許されない。親父は失敗を叱《しか》りはしないけど、何度も同じことを繰り返すのは嫌う。親父の前以外では包丁は持たせてもらえなかったから、俺はカッターで消しゴムを切って何度も練習した。

二度目、前と同じように親父は包丁とジャガイモを俺たちに渡した。俺に渡されたのは、前と同じ親父が使い込んでいる包丁。やっぱりずっしりと重い。今度は焦らず、俺はコウスケの動きをじっと見た。ゆっくりさえやれば、ジャガイモを切るのは難しいことではない。コウスケは前と変わらず、でたらめにジャガイモを切った。一度目となんら変わっていない。何一つ上達していない。ご陽気に皮をむき終え、「アチョー」とわけのわからない奇声を上げながら、ジャガイモをみじん切りにした。親父は、「食い物で遊ぶな」と、コウスケを殴った。でも、その顔には笑みが漏《も》れていた。

「ほら、ヘイスケも切ってみろ」

俺は小さくうなずいて、包丁を構えた。今度は大丈夫だ。何度も何度も練習したのだ。俺はそう言い聞かせてから、包丁を動かした。ところが、結果は同じだった。また失敗をしたのだ。手が滑って、指先を切った。包丁がジャガイモの上を滑り、勢いが余って左の親指を切った。ジャガイモは消しゴムみたいに四角じゃないし、包丁はカッターみたいに小さくなかった。

それでも前回より上達していたのか、切り口は小さく血は少ししか出なかった。でも、目からは涙がぼろぼろ出た。

「大げさなやつや。そんなに嫌ならやらんでええ」

短気な親父はそう言った。泣いているのは、嫌だからじゃない。痛いからじゃない。そう言おうとしたけど、何も言えなかった。

「兄ちゃん泣くなやあ。にんじんが笑っとるど」

コウスケは包丁を持つのを面白がって、ジャガイモだけじゃなく、にんじんやキャベツも切って見せた。親父もお袋もそんなコウスケに好意の目を向けていた。

それ以来、俺は戸村飯店の厨房には入っていない。

3

十月も半ばに入った水曜日、竹下の兄ちゃんがやってきた。

ヤンキー特有の強引さで、

「今日、俺のために時間作ってや」

と、朝早くから電話をかけてきた。

「今日？」

「ああ、今、東京駅やねん」

「東京駅って？」

「そやから、東京駅や。新幹線降りたところ」

「マジで⁉」

そこまで来てから、電話してどうするねん。せめて前の日に連絡してくれと思ったけど、

「人がぎょうさんおって、目回るわ。はよ、助けに来てくれ」

と、兄ちゃんが嘆くので、迎えに行ってやることにした。

「しゃあないなあ。ほんなら、そこでじっとしてて。どの出口におるん？　駅員に聞いたらええから。俺のところからやったら三十分はかかるし。とにかくあんまり動かんと待ってて」

俺は兄ちゃんの電話を切ると、品村さんに電話をした。

今度埋め合わせは何倍もしますと、突然休みを取ることを申し出ると、品村さんは、

「そんなこと気にしなくてもいいよ。あ、戸村君がいないと困るのはすごく困るんだけど。でも、たまには休んで。いつもすごく働いてくれてるんだから」

と、言ってくれた。

簡単に着替えを済ませ、俺は東京駅に急いだ。きっと兄ちゃんのことだ。息巻きなが

らも、大きい駅の中でおろおろしているはずだ。

「ヘイスケ～!! なんやお前、めっちゃ大きなったやん」

兄ちゃんは俺を見つけると、でかい声を上げて手を振った。

「あほな。まだ半年しかたってへんのに、大きくなるわけないやろ？」

っていうか、十八歳過ぎてから大きくなること自体難しい。

「なっとるなっとる。さすが、東京や。人を何倍も大きくしよる。ああ、なんや、めっさ懐かしいわ」

兄ちゃんはむやみやたらに俺の肩を叩いた。急いで歩いている人も、兄ちゃんのオーバーリアクションをちらちら見ている。

「そんな興奮せんといてや。みんなは元気にしてる？」

「元気元気。親父もお袋もピンピンしとるで。コウスケなんか、指揮者になったりマラソン大会で優勝したり絶好調や」

「なんやあいつらしいね」

「そや。兄貴として鼻高々やろ。それより、よう見たらヘイスケ痩《や》せたんちゃうか？ ちゃんと食うもの食えとるんか？ 苦労してるんとちゃうか？」

さっきは大きくなったと言ってたくせに、次は勝手に細くなったと心配しだした。忙しい人だ。

「大丈夫や。バイトもしとるし、お金にはそんなに困ってへんよ」

「東京でバイトか。さすがヘイスケや。何しとる？　またローソンか？」

「同じことしても仕方ないし、今度はコンビニちゃうけど」

「なんや流行のＩＴ工業か？　それやったら、残ったＩＴとか分けてくれや」

「なんやねん、ＩＴ工業って？　それを言うならＩＴ企業やろう？　それに、ＩＴは物ちゃうから、あげられへん」

「ひやあ。なんや知らんけど、えらいややこしいなあ。さすが東京や」

「そやな。って、そんなことどうでもええけど、どうしたんな兄ちゃん、突然来たりして。なんかあったんか？」

「なんかあったんかと言われるほどのことは、なんもあれへんねんけど。いや、実はさ、お前に頼みがあるねん」

「頼み？」

「聞いてくれるか？」

「そりゃ、聞くけど」

ここまで来て断るわけにいかないだけなのに、兄ちゃんは、「さすがヘイスケや。恩に着るわ」と、また大げさに俺の肩をバシバシ叩いた。

「で、頼みってなんなん？」

「なんや、ほら、東京にはアメリカからやってきた遊園地あるやん」

「アメリカからやってきた遊園地？」

「こまっしゃくれたねずみと、水兵さんの格好したあひるのいる遊園地や」

「ああ、ディズニーランドやろ？」

「それそれ、デズニーランド」

「それがどないしたん？」

デズニーじゃなくてディズニーだってことと、ディズニーランドは実は千葉にある、ってことは、秘密にした。

「愛奈《あいな》と純奈《じゅんな》がずっと行きたい言うててん。ほんでさ、今度の土曜と日曜に家族で東京に旅行しようかって話が進んでんけど、わし、東京ようわからんやろ？　そやからさ、ヘイスケに先に案内してもらっとこうと思うて」

「なるほど。家族旅行の下見ってわけか。そんなためにわざわざ仕事休んで東京まで来るってすごいな」

「そやろ。かみさんには内緒やで。やっぱり、父ちゃんとしてはさ、格好よう決めたいやん」

「兄ちゃん、昔からそういうとこ異常にこだわるからな」

「わかっとるなあヘイスケ。俺の通やね」

兄ちゃんは自分の好きな人の前で格好つけるために、格好悪いことを平気でする人だ。しかも、単純な兄ちゃんだから、すぐにボロが出る。きっと、「ここ、ヘイスケに教えてもらってん」とか言いながら店に入ったりして、嫁さんに「あれ？　下見でもしたん？」と、つっこまれておろおろするのがおちだ。

「ええよ。任せといて」

俺はにこりと微笑んだ。

平日だけあってディズニーランドはすいていて、すんなり入場できた。

「わあ、まさに夢の世界やなあ」

入るなり、兄ちゃんはあちこちきょろきょろして、目をきらきらさせた。

「ディズニーやからね」

「普通の遊園地とはやっぱちゃうなあ。広すぎて目回るわ。こんなとこ来たら、竹下家全員で遭難してまうわ」

「大丈夫やって、何箇所かの区域に分かれてるから、それさえわかればうまく動けるんやで」

俺はいくつか目印になりそうな建物を兄ちゃんに説明しながら、ディズニーランドの中を一回りした。

「で、ここがシンデレラ城。これが一番わかりやすいやろ？」

「そやな。って、おいおい、ヘイスケ！　今、ねずみのミッキーさん、わしに手振ったど」

兄ちゃんが俺の腕を引っ張った。

「よかったやん」

「うわあ、めっちゃ、ねずみのミッキーさんかわいいなあ。こんな風にしてもらったら、絶対、愛奈も純奈も喜ぶわ。あ、土曜に来たとき、わしの娘たちに手振ってくれってねずみのミッキーさんに頼んでくるわ」

「そんなんせんで大丈夫やって。ミッキーさんは頼まんでも、やってくれるから」

「ほんまに？」

「ほんま。ミッキーさんはいつでも誰にでも優しいから」

俺は兄ちゃんを制止した。

「ねずみのミッキーさんはええやつやねんな」

「まあな。って言うても、中は六十三歳のシルバーセンターから派遣されたおっさんが入ってるんやけどな」

俺が茶化すと、兄ちゃんは、「あかん。夢潰《つぶ》さんといてくれ」と、本気で嘆いた。

「冗談やん。へこまんといて。さあ、なんかアトラクション入ろうや」

ディズニーランドに行きたいと思ったことなんてなかったのに、なんだか少し楽しくなってきて、俺はいろいろ回りたくなった。

「ヘイスケって、毎日こんなところに来とるんか」

「そんなわけないやん。俺も三回くらいしか来たことあらへん。しかも、一回は中学の修学旅行やで」

「修学旅行やと？　せこっ。わしらんときは長崎やったのに」

「兄ちゃんの学年荒れとったで、平和学習が必要やったんちゃう」

「そうなんか」

「いい子にしてたら、夢の世界に連れてってもらえたのにな」

俺たちはホーンテッドマンションに入った。修学旅行で来たときにも、ここに入った。あのときは班行動でしぶしぶ入ったせいか、五年大人になった今のほうが、わくわくしている。

「みんなテンション高いなあ。一杯ひっかけてるんちゃうか」

兄ちゃんはアトラクションのお姉さんたちの陽気な口ぶりに、目を丸くした。

「そんなことあるわけないやん」

「そやけど、元気すぎるで。給料日なんかな」

「夢の世界やから、給料に関係なくお姉さんたちはご機嫌なんよ」

「へえ。えらい仕事やなあ」

兄ちゃんは子どもみたいに、人形たちの動きに喜んだり、おばけに本気でびびったりしていた。

男二人でディズニーランドはきついけど、それでもいくつかのアトラクションに入ったり、うきうきしている学生やカップルにまぎれて歩いたりするのは楽しかった。結局俺たちは半日ディズニーランドを満喫した。


「他に行きたいところはないん？」

東京駅へ戻る電車に揺られながら、俺は聞いた。

「いや、もう十分や」

「どこでも案内するで」

「ええわ。お前かて忙しいやん」

「忙しくなんかあらへん。兄ちゃんせっかく一人で東京来てんから、見たいところ全部見ようや」

「ほんま、よう似とるなあ」

兄ちゃんは行きたい場所を挙げる代わりに、俺の顔をしみじみと眺めた。

「何が？」

「お前ら兄弟や」

「コウスケとか？」

「そういう世話好きなところ、一緒や」

「まあ、あいつはそうかもしれんな」

俺はコウスケのことを思い浮かべた。あいつは戸村飯店に集まる人たちとよく付き合っていて、それと同じように集まる人たちにかわいがられていた。

「お前かってや。わしらのこと苦手やのに、突然おしかけてもこうやって案内してくれるやん」

「なんやそれ。俺、兄ちゃんのこと、全然苦手ちゃうよ」

俺は笑って見せた。うまく付き合ってきたつもりだけど、兄ちゃんらには見抜かれていたのだろうか。

「無理せんかてええわ。そやけど、わしは、昔からヘイスケのこと好きやで」

「なんや、気持ち悪いな。俺、男には興味ないで」

「んなもんわかっとるわ。ほら、わしら、ヤンキーやったやろ？」

「そやな。頭も黄色かったし、やることもめちゃやったな」

「そんな褒めるなって。わしらみたいなやつらって身内は大事にするけど、外にあんま目行ってへんかった。ええ意味でも悪い意味でも、あの町とわしらの生き方は似とる。

そやけど、お前は子どものころから、わりと目が外向いとったやん」

「みんなに相手にされてへんかっただけや」

「そんなことあらへん。わしはヘイスケのそういうところに一目置いててん」

兄ちゃんがまじめな顔で言うのに、俺は久々に本気で照れくさくなって、無理やり話を戻した。

「あっそう。そんなんどうでもええけど、ほんまにもうどこも行かんでええの？　きちんと下見しとかなあかんやん。土曜には案内せんなんのやろ」

「大丈夫や。デズニーランド行って、ドームで野球見て。次の日は東京タワーで決まりや」

「ドーム？」

「そや。東京言うたら、東京ドームには行かなあかんやろ」

「そやけど、ドーム行ったかて、今年の日本シリーズは、阪神出えへんで」

強引な兄ちゃんのことだ。当日ドームに行って、「阪神出さんかい！」と、怒鳴りかねない。

「わかっとるわ。巨人対ロッテを見るんや」

「なんや、巨人軍に野次飛ばしに行くんか？」

「あほか。わしかて、そんなにタチ悪うないわ」

「ほんなら、ロッテの応援すんの？」

阪神ファンの大半はアンチ巨人だ。巨人打倒のために、巨人と戦うチームを応援することは珍しいことではない。

「いや、ちゃうねん」

「ちゃうねんって？」

「ヘイスケ、お前を男と見込んで打ち明けるわ」

兄ちゃんは突然声を潜めた。

「打ち明けるって唐突やな……。まさか浮気がばれたとか？」

「なんやそれ、話の流れ読め。今、女の話はしとらへんやん」

「確かに。まあ、ええわ。話して。俺、口は堅いから」

「そやな。お前、軽そうに見えるけど、ほんまは慎重派やからな」

「前振りはええから」

「実はな……。聞いて驚くなよ」

兄ちゃんには珍しく言いよどんでいる。俺はイライラして、「はよ言ってえなあ」と、せかした。

「あのな、実はわし……、巨人ファンやねん」

「なんて？」

「そやから、阪神ファンやなくて、わし巨人ファンや」

俺は耳を疑った。浮気よりもあり得ない。戸村飯店の常連さんは、みんな熱烈で猛烈な阪神ファンのはずだ。竹下の兄ちゃんも、阪神がリーグ優勝した年は、縦じまのハッピを着て喜んでいた。

「巨人ファンって……」

「ミスター巨人軍、長島監督命なんや」

「ほんまか？」

「ほんまなんや。えらいことやろ」

「そりゃ、どえらいことや」

この電車の中にあの町の人がいるわけでもないのに、俺まで小声になった。あの町で阪神ファンじゃないこと、ましてや阪神ファンが目の敵にしている巨人ファンだってことが今更知れたら、ちょっとやっかいだ。

「こんなこと山田のじいちゃんとかに知れたら、非国民扱いやろう？」

「確かに。山田のじいちゃん聞いたら、卒倒するわ。広瀬のおっさんかて激怒や」

「想像するだけで恐ろしい……」

おおげさのようで案外事実だ。兄ちゃんがびびるのも仕方がない。

「よし、じゃあ、俺も打ち明け話するわ」

「打ち明け話？」

「そう。俺も一つ、兄ちゃんに秘密話すわ」

「なんや？　ヘイスケも巨人ファンなんか？　そやったら二人で戦おう、ってそもそもお前、野球なんかに全然興味あらへんやん」

「いや、ちゃうねん。実は、俺、ほんまは野球好きやねん」

「え？」

「俺、ほんまは子どものころから、めっちゃ野球好きなんや」

「うそやろう？」

「これがほんまやねん」


親父とコウスケは例に漏れず熱烈な阪神ファンだった。戸村飯店でナイター中継が映っているときは、常連さんと一緒に阪神の応援をしていた。七イニングになると六甲颪《ろっこうおろし》を歌い、勝ったら酒を飲み、負けても酒を飲む。俺はあのノリが苦手だった。監督でもないのに、選手のこと知ったかぶって解説して、巨人の悪口をしこたま言う。身内が出てるかのように必死に応援する意味もわからなかった。だから、俺は応援には参加せず、ナイター中継の間は漫画を読んでいた。でも、野球自体には興味があった。おもしろそうやと思っていた。中学とか高校行ったら、野球部に入ってみたいくらいのことは考えてた。

小学校三年のクリスマスの日。

コウスケの枕元には、グローブが置かれた。サンタクロースからだ。コウスケは嬉々としてはしゃいだ。俺の枕元に置かれていたのは、グローブでもバットでもなかった。なぜかサッカーボールだった。そのころ、ちょうどサッカーが流行《はや》り始めていて、小学校の仲間にもサッカークラブに入っているやつもいた。でも、俺はサッカーが好きだなんて一言も言ってない。

その日以来、親父とコウスケは時々店の裏でキャッチボールをして遊んだ。俺はそれを横目で見ながら、一人でリフティングの練習をした。仲間に入りたがっていると思われたら格好悪いから、素知らぬ顔で黙々とリフティングばかりしていた。そうしているうちに、いつの間にか俺は野球には興味のないことになっていた。


「そやったんかいな」

兄ちゃんはしみじみと言った。

「そやったんや」

「よし。ほんなら、ヘイスケ帰ってきたら、わしらの草野球チーム入れたるわ」

「嬉しいけど、結局俺、野球したことないねん。興味あっただけで、経験ゼロや」

「そんなことどうでもええ。わしらのチームは誰でもＯＫや」

兄ちゃんは朗《ほが》らかに笑った。

帰り際、新幹線の改札で兄ちゃんは俺に無理やり「今日のお礼や」と、三万円をつかませた。

「こんなんいらんのに」

「遠慮すんな。もらえるものはもらっとけ。それに口止め料やしな」

「うん、そやな。ありがとう」

「ほな帰るわ」

「うん。気をつけてな。ほんまはもうちょっといろいろ連れて行けたらよかったんやけど」

「十分や。どえらい疲れたし、今日のところは家帰って屁《へ》でもこいて寝るわ」

兄ちゃんの言葉に、俺は肩の力が抜けた。

「屁こいて寝るって、えらい懐かしいなあ」

「なんや。東京のやつらは屁もこかへんの？」

「そりゃ、屁はするけど、兄ちゃんほんまに屁こいて寝るわけちゃうやろ？」

「そりゃそうやけど。でも、もしかしたらこくかもしれん。疲れてるし、いつもよりこく可能性もある」

「でも、屁こくのん、メインちゃうやん」

「そりゃそうや。屁こくのが夜のメインイベントやったら、わしの家、木造やし火ついてまうやん」

「そういうときは、ここらでは、今日は疲れたし、ゆっくりして寝るわって言うんや」

「なんややややこしいな。舌嚙みそうや」

屁こいて寝るのほうがよっぽどややこしいと思ったけど、「そうやな」と、俺は笑って、手を振った。

4

「これ、お土産」

次の日、バイトが休みの木曜日。相変わらずのカフェＲＡＫＵで、俺たちはのんびり夕飯のような昼ごはんのような食事をしていた。バイトがないときくらい違うところで食べてもいいのだけど、それでもなんとなく俺たちはカフェＲＡＫＵにやって来る。カフェとか言いつつ、デザート類は置いてないし、コーヒーにもこだわってないから、ランチタイムを過ぎると客が驚くほど来ない。半端な時間にだらだらと食べるのにはもってこいの場所だ。

「お土産って、ディズニーランド？」

アリさんは包装紙をまじまじと眺めた。

「そう。こないだっていうか、昨日行ってきてん」

「ふうん。誰と？」

「大阪から知り合いが出てきてん。その人と」

「二人で？」

「うん」

「すごく怪しい」

「あ、そんなんちゃう。男の人やで」

俺はアリさんの反応に慌てて首を振った。ディズニーランドまで行って、何も買わないのももったいない。でも、特にほしいものはないし、アリさんにお土産でも買おうと思った。喜んでくれるだろうと思った。それでぬいぐるみを買った。それだけだ。でも、よく考えてみたら、面倒くさいことになるのは必至だ。誰かと二人でディズニーランドに行く。どれだけ言い訳をつけたって疑わしい。すぐにわかりそうなことなのに、ディズニーランドの平和な空気の中ではそんなことまで頭が回らなかった。

「へえ。わざわざ男の人と二人でディズニーランドなんかに行くんだ」

案の定、アリさんはすごく不愉快そうな声で言った。

「まあ、わざわざっていうか、ちょっと一回りしただけやけど」

ついさっきまでお土産を見て喜ぶであろうアリさんを想像して、多少なりともわくわくしていた俺は、すっかり意気消沈した。

「ディズニーランドって、ちょっと一回りしに行くような場所じゃないでしょう?」

「ほんまに」

「そもそも男同士でディズニーランドなんてあり得ないし」

「あり得ないことではないやろうけど。そういう人らは少ないやろうね」

「少ないやろうねって、白々しい」

「うん。ごめんなさい」

わざわざ竹下の兄ちゃんとのことを説明して納得してもらうのにはすごくパワーと時間を要しそうだったから、俺は素直に謝った。それなのに、怒りが倍増したらしくアリさんの語尾はさっきよりきつくなった。

「どうして謝るのよ」

「どうしてって、不愉快にさせてもうたからさ」

「別に悪いことしてないんでしょう?」

「そうやけど」

「悪いと思ってないくせに、簡単に謝らないでよ」

「男と行ったのはほんまやけど、よう考えたらややこしいことになるのはわかりきったことやし、土産なんて買って来なきゃよかってんなあって、そのことは反省してるから」

謝って早く済ませるつもりが、事は着々とこじれつつある。俺はこっそりとため息をついた。

「ああ、腹が立つわ。なんなのよ。もっと必死で言い訳したら？　言い訳する気力がないなら最初からもっとちゃんと考えて行動してよ」

「ほんまに。ごめんなさい」

「ごめんなさいって、そうやって物事を片付けないで」

「ほんまに」

「ほんまにって、何が本当なの？」

ほんまにっていうのはただの合いの手で、沈黙もよくないから言っただけだ。でも、そんなこと言ったら、アリさんはまたパワーアップする。俺はおとなしく神妙な顔をしてみせた。早く終わらないかなあ。そもそも結論なんて出ないことなのに、どうして女の人はとことんケリをつけようとするんだろう。謝ってすまないことがあるなんて難しい。謝罪でだめなら、時を待つしかないと外を眺めた。

道行く人はそれなりにカフェＲＡＫＵを見て通っている。店構えはそこそこおしゃれで、ちょっと寄ってみたい雰囲気はあるのだ。夕飯時の仕込みをしなきゃいけないから、ランチタイムの後は客が来ないほうが都合いいって品村さんは言っているけど、ちょっとましなコーヒーとかすごく簡単なデザートとか負担にならない程度で出せばいい。そうやって儲けたお金で夕飯のメニューを充実することだってできるのに。

いつの間にか、カフェＲＡＫＵの経営状況を考えふけってた俺に、

「だいたい戸村君って、私のことどう思ってるの？」

と、アリさんがため息交じりに言った。なんかドラマの台詞《せりふ》みたいだと少し噴き出しそうになったけど、俺は気合で真顔を作って、

「どう思うって？」

と、聞き返した。

「疲れる？　私といると？」

「そんなことはないよ」

うん。たぶん、そうだ。今は面倒だなと思ってるけど、いつも疲れるわけではない。

「じゃあ、今、何を考えてるの？　私のことどう感じてるの？」

「別になんも考えてへんよ」

「あのさあ、そんな風に適当に流さずにさ、戸村君、もっと、本音でしゃべってよ」

「本気で話してるよ」

これは本当。ふざけてもうそをついてもいない。

「全然だよ。関西弁でしゃべってるから、本気っぽく聞こえるけど、戸村君の言うことっていつも表面的。とりあえずその場に合うことを並べてるだけじゃない」

「そうなんかなあ」

自覚はさっぱりないから、俺は首をかしげることしかできなかった。

「そうなのよ」

アリさんにきっぱりと断言されて、俺はおもわず「そりゃ、ごめん」と、頭を下げた。

「そういうところを言ってるの。戸村君、今日、三回も謝ったよ。たいして悪いとも思ってないくせにさ。適当に済ませようとしているからだよ。私のこと軽く考えてる証拠だよ」

アリさんはそう言って、立ち上がった。いまひとつアリさんが何を求めているのかわからないし、また謝ると油を注ぐことになる。俺は黙ってアリさんを見上げた。

「今日は帰るわ」

アリさんは本気らしく、財布から自分の分のコーヒー代を出してテーブルの上に置くと、かばんを肩に下げた。止めるのが正解なのかどうかと考えているうちに、アリさんは本当に出て行ってしまった。さっきまで目の前にいたアリさんは、窓の向こうをさっさと歩いてあっけなく見えなくなってしまった。

あまりの展開の忙しさにやれやれとコーラを飲み干していると、容子ちゃんが厨房から飛んできた。

「ちょっと、何のんきにコーラ飲んでんのよ」

「いや、討論したから喉《のど》渇いちゃって」

「討論って、戸村君は怒られてただけじゃない。ってそういう問題じゃなくて追っかけなくちゃ」

「あっそうか」

「あっそうか、ってちょっとしっかりしてよ」

「ああ。でも、もう間に合わんやろうしええわ。きっとまだ怒ってるし。それに、コーラ飲んだから横っ腹痛いし」

「何よそれ。だめだよ。こういうとき、本能的に追いかけられないと」

容子ちゃんはしかめっ面を向けた。

「本能ね。ほんまにそう思うわ」

今頃歩くことが嫌いなアリさんはタクシーを拾ってるだろう。どうせ走っても追いつかない。車を追いかけるなんて俺の運動能力じゃ無理。アリさんとの小さないざこざは頭の中で勝手に片付いていた。

「とりあえず、時間空いたし、店手伝います」

俺は自分たちの使ったグラスを厨房に運んで、エプロンを手にした。

「いいよ、休みなんだし」

品村さんは首を振ったけど、アリさんが帰ってしまったってことはこれからの予定がゼロになる。昨日は急に休んだのだから、手伝いをしておいたほうがいい。

「どうせすることないし。やらせてください」

「彼女に怒られたのに、戸村君、余裕だねえ」

品村さんも容子ちゃんと同じくあきれた顔をした。

「余裕ってのでもないんですけど」

俺は下に置かれたダンボールを開けてみた。今日の一品は小松菜だ。品村さんの好きな献立。また油揚げと煮浸しにするのだ。なかなか好評な料理だけど、たまには味つけを変えてみようと、俺は唐辛子を手にした。

「僕でもあんな失敗しないよ」

「そうなんですか？」

「そうだよ。戸村君、もっとちゃんと焦らないと」

着々と仕込みを始めようとする俺を、品村さんは心配そうに見つめた。根っからいい人なのだ。品村さんこそ、もうちょっと店のことに焦ればいいのにって思う。

「そうですねえ。焦ってはいるんですけど、どうしようもないし」

「どうしようもないって、それ、小松菜に？」

「にんにくと唐辛子でちょっとペペロンチーノ風にしましょう。ああいう辛い味って、ちょっとだけ食べるとまた食べたくなりません？」

俺はスパゲティの中ではペペロンチーノが一番好きだ。想像するとおなかがすいてきて、包丁を動かす手が速くなる。

「ペペロンチーノでもナポリタンでもいいけどさ、この先、まったく連絡が取れなかったらどうする？」

「それは少し困るかも」

「だろう？　そうやってにんにく切ってるうちに、本気で嫌われたらどうする？」

「本気で嫌われる？」

「そう。戸村君の顔も見たくないくらいに」

「そりゃ嫌ですね」

「ということはなんとかしなきゃ」

「ほんまですね」

品村さんは誘導尋問がうまい。

「戸村君、アリさんと付き合ってるんだからさ」

「なんだか難しいですね」

「何も難しいことなんかないよ。そうやって店のことを考えるみたいに考えればいいじゃないか」

品村さんはこともなげに言うけど、ＲＡＫＵの売り上げを考えるほど、アリさんの気持ちを考えるのは簡単じゃない。

「そうそう、好き好き大好きって言っておけばいいんだって」

容子ちゃんもお気楽に言った。

「お土産で怒る人が、好き好き大好きって言うだけでええの？」

「そんなもんなんだって。あとはアリさん年上なんだしさ、戸村君ももうちょっと大人っぽくしようと背伸びしたりしなくちゃ」

「大人っぽくなあ。それは難しいわ。俺、童顔やし」

「違うってば。努力しようとしてるところを見せておけばいいの。自分のためにがんばってるっていうのが女は嬉しいんだから」

容子ちゃんは俺と同じ年のくせに、知った顔で言う。

「そうやって、小松菜のこと考えるみたいに自分のことも考えたらいいんだよ」

品村さんはじゃぶじゃぶと粗雑に小松菜を洗いながら言った。

確かに努力が足りないのかもしれない。恋愛をするのにも、何をするにも、もっと努力が必要なのかもしれない。たまには少し真剣に考えてみなきゃいけないのかもしれないな。

俺は少しだけ反省した。

5

いつもデートは、俺がバイトが休みのときかバイトが終わった後の時間。もしくは、昼のバイトと夜のバイトの間にカフェＲＡＫＵで。そんな感じだけど、今回は日曜日にバイトの休みを申し出た。ちょっと寒いなあと鳥肌立てつつ、「会いたいんだけど」と、アリさんに電話をした。カフェＲＡＫＵでなく、品村さんに薦められた店じゃなく、容子ちゃんに教えてもらったちょっとおしゃれな本物のカフェで待ち合わせた。

努力ってどういうことかははっきりとわからないけど、とりあえずがんばってみるつもり。アリさんは怒っているのかと思うと、そうでもなく、「日曜日は忙しいんじゃないの？」と、言いながら、デートの誘いに応じてくれた。

努力家の俺は待ち合わせの十分前にカフェに向かった。早く着いたつもりだったのに、残念ながらすでにアリさんは来ていた。座ってこちらに軽く手を上げて合図を送るアリさんは、やっぱり素敵だと思う。髪もさらさらだし、服のセンスもいいし、いい女ってこういう感じなんだと思う。

「ちゃんと考えてみた」

注文を済ませると、俺はそう口火を切った。

「何を？」

「本気でいろいろ」

「ふうん」

もう機嫌は直ってるのかアリさんはいたって普通だった。

「何を考えたの？」

「まず、東京と大阪のこと」

自分で言って少し笑った。アリさんも、「なんで私のことじゃないのよ」と、つっこんだ。

「後でアリさんのことは出てくるから、もうちょい待ってて」

「あっそう」

「大阪は食文化が進んでるって思っとったけど、東京にもおいしいものはたくさんあるってわかった。いろんなものが集まってるし、人が多い分、プロも多い気がする。基本的にうなぎは東京のほうがあっさりしててやわらかくて好きやし」

「本気でうなぎのこと考えてたんだ」

「うん。蒲焼以外にもおいしい食べ方があることは、東京に来るまで知らんかった」

「あっそう。っていうか、本当にあっそうだよ」

アリさんは本当につまらなさそうに頬杖《ほおづえ》をついた。

「アリさんといて疲れたことはない、ってことも考えた。時々、しゃべってて、オチはどこやねんって思ったり、どう返答をしたらいいのか困ることがあるけど、それは自分が直接的な会話ばっかりしてたんやなあって、逆に反省してる。関西とか東京とか関係ないとか思いつつ、知らず知らずのうちに、関西の性根が体に染み付いてしまってるんやなあって思った」

「戸村君の話こそ、オチはどこやねんって感じだよ」

「オチはって言うか、本音で言うと、アリさんのことは好き。たぶん、俺の東京の生活には不可欠だと思う」

アリさんは少し考えてから、「納得はいかないわ」と、言った。

「うん。わかってる。ほんまごめんなさい。でも、まだそこまでしか掘れてないねん」

品村さんの忠告どおり、二日ほど自分のことばっかり考えてみた。でも、今はここまでしかわからない。アリさんのこともそれ以外のことも、ここまでしか拓《ひら》けていない。アリさんのことは好き。今の生活にアリさんがいなくなったら、もてあます時間がたくさん出てくる。そしてそれは寂しいことだ。そこまではわかる。でも、そこまでしかわからない。好き好き大好きとは言えない。結局、俺は中身がない人間なのかもしれない。

俺を慕ってきてくれる客が女ばっかりなのもそれが原因かもしれない。

「まあ、どうでもいいけど」

基本的に大まかなアリさんはあっさりと投げ出した。そしたら、俺が本当はどんな人間かもっととことん問い詰めてくれたらええのに。そう言うと、アリさんは、「なんでそんなことに手を貸さないといけないのよ」と、膨れた。

「まあ、いいよ。たまにはどこか行こう」

アリさんはさっさとコーヒーを飲み干すと、そう言った。

「たまには？」

「私たちって、いつも店の中で食べてばっかりじゃない。外に出よう」

「そうやね」

「戸村君、どこか行きたいところないの？」

行きたいところ。俺はちょっと慎重に考えてみた。ディズニーランドは楽しかったけど、今その提案はよくない。そろそろ東京ばな奈を買って実家に送らなくてはいけないけど、デートに駅の売店ってよろしくない。東京にはいろんな場所があるけど、行きたい場所はそうそう思いつかない。

「彼女を連れて行ってあげたいところとか、彼女と一緒に行ってみたいところとか普通あるでしょう？」

「そうやね」

普通あるのに俺にないのはやばい。また前回の繰り返しになる。恋愛における努力というのは難しい。俺はさっきの三倍速であらゆる場所を頭にめぐらした。

「思いついた！」

「思いついたっていう発言自体おかしいけど、どこ？」

「サッカー見に行こう」

「サッカーって、ワールドカップ？」

アリさんが首をかしげた。

「そんなあほな。古嶋がやってるらしい」

「古嶋？」

「知らんの？　ほら、花園クリエータースクールの生徒やん。アリさんだって教えてるで」

「生徒の顔と名前って一致しないのよねえ」

アリさんは無責任に言い放った。たった二十人足らずの生徒しかいないし、古嶋は目立つやつなのにいまだにわからないなんて、いかにもアリさんらしい。

古嶋は俺が中学のときサッカー部だったと知ると、しょっちゅうサッカーの話をしてきた。日曜日はいつも練習してるから見に来いと言っていたし、いつ見に来るのだと会うたびに怒っていた。

古嶋がいつもいると言っていたグラウンドに行くと、試合らしきものをやっていた。古嶋のいるチームは様々なジャージを着ているけど、相手チームは本格的らしくおそろいの赤いユニホームを着ている。俺とアリさんは、グラウンドを囲む芝生に座り込んで試合を眺めた。周りには、友達らしき人、通りがかりのサッカー好きのおじさんたち、熱心に応援している彼女。ちらほらと俺たちと同じように見物している人たちがいる。のどかだなあ。グラウンドは広いし、空は青い。芝生は心地よいし、風も冷たく澄んでいる。黄色いイチョウの葉が太陽の光で若干金色にすら見える。秋は確実に気持ちいいのだ。

「どれ？」

アリさんはあちこち動く選手たちを目を凝らして見つめた。

「ほら、あの背の高いやつ」

「ああ、なんか見たことある」

「なんか見たことあるって、そんなレベル？」

「でも、あの子、才能あるよね」

「そうやな。ぼけたやつやけど、サッカーはできるねんなあ」

単純で見当違いで天然の古嶋だと思っていたら、サッカーしてるときはすごく冷静で視野が広い。敵の動きも自分のチームの動きも全部わかっている。気持ちいいぐらい的確な場所にするりとボールを蹴る。

「さあ。サッカーのことはわからないけど、古嶋って子の書く文はなかなかうまいよ」

アリさんはもうサッカーに飽きたようで、芝生で遊ぶ子どもを見ながら言った。

「そうなん?」

「うん。あの中では一番ましかな」

「ましとか、ひどい言い方や」

「あはは。あの中では一番上手」

「へえ。意外やわ」

「そう?」

アリさんはそれこそ意外という顔をしたけど、古嶋は俺以上に花園クリエータースクールに通っているのが似合わないやつだった。物をめったに考えないし、小説家なんて古嶋のどこをどうとっても結びつかない。

「いつから見てた?」

試合が終わった古嶋は、一目散に俺のところへ走ってきた。

「そやなあ。二十分くらい前やな」

「そうなんだ！　あ、どうも」

古嶋は俺の横のアリさんにぺこりと頭を下げた。

「だったら、ヘイスケ、俺がシュートしたとこ見た？」

「見た見た」

そう答えると、古嶋は嬉しそうに「いえーい」と喜んで、俺の前でもう一度シュートを再現して見せた。古嶋ってつくづく中学生みたいだなって思う。普通は削られていくすくすくした子どもの部分がしっかり残ってる。

「久々に会心のシュートだった。やっぱ、ヘイスケが見てくれてたからだぜ」

「そんなことないやろうけど。まあよかったな」

「もう最高！　って、おい！　よく見たら、先生じゃんか⁉」

ひとしきり話し終えてから古嶋が驚いた。

「ああ、まあ」

「ああ、まあって、お前ら付き合ってるのか⁉」

「まあ、そう」

古嶋に驚かれて初めて、俺もちょっと気まずく感じた。古嶋はアリさんの生徒で、俺は古嶋の先生と付き合っている。俺は学校を辞めてるからいいけど、アリさんのことを考えると、生徒には見つからないほうがいい。それはわかっていたはずだけど、古嶋にばれると困るという風には、全然考えられなかった。なぜか自然にここまでやってきてしまっていた。アリさんは別に困った風でも恥ずかしそうでもなく、俺と古嶋のやり取りを面白そうに見ていた。

「おいおいヘイスケ！　普通、もっと前に相談するだろう？」

古嶋は俺の肩を揺さぶった。

「相談って何をや？」

「何をって、このこと以外にないっしょ？　禁断の愛に陥りそうなんだけど、どうしたらいい？　ってさあ」

「禁断の愛？」

「すっとぼけるな！　お前ら生徒と先生っしょ」

「ああ、なるほど」

専門学校だし、もう辞めているるし、禁断の愛なんてたいそうなものに当てはまるとは思ってもなかった。

「どうして告白する前に言ってくれなかったんだよ」

「そやな。ごめん」

別に俺が告白したわけでもないけど、古嶋の中では物語が出来上がっているからしょうがない。

「普通だったら、宏君一緒に体育館の裏に付いてきてとかってなるじゃん。そしたら、俺、もっといい告白方法考えてやったのに」

「あの学校のどこに体育館があるんかは不明やけど、古嶋、そういうの好きやもんな」

「ってか、連れならあたぼうじゃん。さっさと勝手に進めやがって」

古嶋は本気で肩を落とした。

「でも、俺、古嶋のこと信頼してるからさ、ここに一緒に来たんやで。なんか、ばれんようにせなあかんって気持ちがいっこも働かんかったわ」

「そう？」

「うん。古嶋には何を知られても平気な気がする」

「そう？」

さっきまで肩を落としていた古嶋は、目を輝かせた。

「そうそう」

「連れってマジですばらしいな」

古嶋は一人で感動すると、「よし、もうひと試合してくるぜ！」と、グラウンドに走っていった。

「かわいいね。青春って感じ」

アリさんはくすくす笑った。

「そやな。古嶋は年がら年中青春やから」

「別に青春って季節物じゃないでしょう？」

アリさんにつっこまれて、俺も笑った。

「ぼちぼち帰ろうか」

「寒くなってきたしね」

ほんの少し太陽がかげるだけで、秋は寒くなる。

少し歩いて、なんとなく手をつないだ。アリさんの手はひんやり冷たくて、そうだ、アリさんと手をつなぐのって初めてだって思った。そして、手をつなぐと歩く速度がぐんと落ちるんだってことに久々に気が付いた。

「帰りに東京駅に寄っていこうよ」

「なんで？」

「なんでって、月末じゃない」

「月末に東京駅でなんかあったっけ？」

「東京ばな奈買うんじゃないの？」

月末、給料日が過ぎた後に、いつも東京ばな奈を買って実家に送る。別になんでもいいんだけど、親父もお袋も定番のものが好きだ。それに、突然違うものを送ったら、何かあったのかと心配するかもしれない。「東京」と名前が付いた、同じものを送っておくほうが安心してもらえる。

「よく知ってるなあ」

「当たり前でしょう」

「でも、別に東京駅で買わんでもええのに」

「東京駅の東京ばな奈が一番東京の味するんだよ」

アリさんは普通の顔でそう言った。

「そうなんや」

俺たちは遠回りして、東京駅へ向かった。

6

十一月に入ると、突然寒くなった。身体の芯まで染み入るような、まったくゆるみがない寒い日が続いた。そのせいか、風邪が流行ってアリさんも寝込んだ。

「たいしたことないけど、熱もあるから今日はもう寝るね」

バイトを終えて電話をかけると、アリさんが鼻声で言った。アリさんのしんどそうな声を聞くと、心配になった。心配になって、俺はアリさんのことをちゃんと好きでいるんだと安心した。俺は、電話を切るとアリさんの家へ向かった。

「遅くにごめん。えっと、お見舞いにポカリ持って来たんやけど」

「ポカリ？」

玄関に出てきたアリさんは、少しぼんやりしただるそうな顔をしていた。

「だいたい風邪はポカリ飲んだら治るから」

戸村家では、誰かが熱を出すとお袋が必ずポカリスエットを飲ませた。もともと体が丈夫だっただけかもしれないけど、俺もコウスケも薬を飲むことなくポカリを飲んで風邪を治した。アクエリアスでもいいんじゃないのか、と言いたいところだけど、親父いわく、「アクエリアスはコカコーラやろう。そやけど、ポカリは製薬会社が作ってるから一番効く」らしい。

「そうなんだ」

「うん。六本入ってるから、重いし、気をつけて」

「そんなに飲んだら、すぐに治りそう。わざわざごめんね」

アリさんはふんわりと微笑んで、ポカリの入った袋を受け取った。

「気にせんとって」

「そっちのは？」

「ああ、これは、古嶋に。あいつも風邪引いたって言ってたから」

「そうなの？」

「熱が三十八度出たって騒いでた。古嶋は平熱が低いから、きっと普通の人の四十二度に値するくらいえらいんやわ」

「よく知ってるんだね」

「あいつ大げさやし、しょっちゅう、俺平熱低いから、熱出たらそれでアウトやねんって騒いでるからな」

「そうなんだ。今から届けるの？」

「うん」

「じゃあ、戸村君も気をつけて」

「うん。早く寝てな」

「ありがとう」

「じゃあ」

あんまり長居して、気を遣わせたら悪い。俺はマンションの重い扉を、音がしないように丁寧に閉めた。次は古嶋のところに急がなくては。今頃、一人でふうふう言っているに違いない。

マンションの階段を降り外に出ると、空気はさっきよりさらに冷たくなっていた。空を見上げると真っ暗だ。着々と冬になっていく。俺はマフラーをしっかりと巻きなおした。そのとたん胸がきゅっとしめつけられた。さっき、ありがとうって言ったときのアリさんの寂しそうな顔が頭に浮かんだ。

また失敗をしたんだ。古嶋は俺が行かなくても、大丈夫。あいつは騒ぐだけ騒いで、熱もその勢いで下がる。持てそうなだけコンビニで買った五百ミリリットルのポカリ十二本。俺はどうしてそれを分けてしまおうとするのだろう。十二本を分けたところで、十二人を幸せにできるわけじゃない。「みんなに優しいのは本当に優しいのとは違う」。ドラマでよく聞く台詞は寒いけど、時々すごく当たっている。たった十二本のポカリ。どうして全部あげてしまえないんだろう。俺はもう一度、アリさんの部屋へ急いだ。

第 5 章

1

文化祭、体育祭がつつがなく終わり、二学期も終盤。最後の三者面談が行われた。もう推薦入試を終えたやつらもいるし、進路はほぼ全員決定しているから、今回呼び出されたのは、俺も含め就職希望者のうちの何人かだけだ。

俺もついに進路を確定させなければならない。昔から戸村飯店を継ぐのだろうと考えていたし、兄貴が家を出てからは店を継ぐのは決まったようなものだった。覚悟はできている。実際に店の手伝いをするようになって、良い仕事だと思い始めてもいる。それなのに、今まで完全には答えを出せないでいた。進路希望調査でも、就職希望であることしか書かずに、希望職種はまだ決められていないと答えていた。俺の中のほんの少しの残された部分が、「待ってくれ」と言っていたのだ。でも、いよいよ結論を出すときがきた。最後の最後まで粘ってみたけど、結局俺の中の選択肢は店を継ぐ以外に出てこなかった。

小学生のときから学校の行事はいつもお袋が来ていたのに、今日は親父がすごすごとやってきた。親父が店を空けるなんて考えられないことだ。いつもより少し正装した親父と並んで座らされ、俺は居心地の悪さを感じた。

「戸村もそろそろ本格的に進路決めていこうか」

岩倉先生は俺のほうを向いて言った。

「はい」

「具体的に就職先の候補も挙げてかなあかんな」

「はい。えっと俺は……」

俺はごくんとつばを飲んだ。たいして重大なことを発表するわけでもないし、先生も親父も予想している言葉だろうけど、改めて口にするとなるとどきどきした。口にしたら、もう引き返せない。俺の一生を決めてしまう。そんな気がした。でも、決めるべきときなのだ。つばを飲み込んだのに渇いたままの口で俺は、

「店継ぎます」

そうきっぱり言い切った。そのとたんだった。親父がキレた。

「あほたれ！　何ぬかしとる」

「へ？」

親父はでかい声で怒鳴ったけど、俺は親父が何に腹を立てているのかさっぱりわからず、きょとんとした。

「ふざけたこと言うのもたいがいにせえ」

「ふざけたこと？」

「お前はたわけか」

「なんもたわけてへんわ。俺、店継ぐって言ってるんやで？　親父と一緒に戸村飯店で働くって言ってるんやで？」

俺は親父が勘違いしているのかと、もう一度丁寧に言い直してみた。それでも親父の鬼のような顔は変わらなかった。

「ほんまにお前はあほや！」

「ちょう待ってくれや。親父の言うこと意味不明や。俺の何があほやねん」

「お前のその考え方や」

親父は先生が前にいるのにもかかわず、机をバシッと叩《たた》いて、またもやでかい声を出した。完全に頭に血が上っている。岩倉先生は目の前で親子喧嘩《げんか》を見せられているのに、止めようともせず面白そうに眺めていた。

「俺の考え方の何があかんねん。店継ぐって言うとるやろ」

「誰が店継いでええって言うた？　勝手に甘えんな。他の家の飯食わな、人間は大きくならへんわ」

「他の家の飯？」

俺は本気で頭がこんがらがった。親父が怒っている意味が理解できない。俺は親父が喜んでくれると思っていた。感謝されることはあっても、怒鳴られるだなんてまったくもって予測していなかった。

「お前かて、もう十八やろが。出て行け」

「出て行けって、俺出て行ったら店どないすんねん」

「そういうところが、お前はあほなんや。うぬぼれんな。親のためとか、店のためとか、偉そうにぬかすな」

「そやけど、俺が店継いだらみんなうまくいくんちゃうん」

「高校出てそのまま自分の家で働くって、どんだけお前は根性ないねん。情けないやつやな」

「根性ないやと？」

さすがの俺も頭に来た。バカ兄貴なき後、親父は俺に期待をしていると思っていた。戸村飯店を守っていくのは、俺しかいないぐらいのこと思っていた。だから、覚悟を決めて店継ぐって言ってるのだ。それが、どうして根性なしなどと言われないといけないのだ。

「そうや、ええ年した男が家から出られへんって、根性なしもええとこやろ」

「出られへんのちゃうわ。店で働く言うとるだけや」

「都合のええようにうちの店を使うな。お前も、ヘイスケみたいに自分でどっか行ってみろや」

親父は吐き捨てるように言った。ヘイスケみたいに？　あの兄貴みたいにか？　なるつもりもない小説家を目指して家を出て、東京行ってふらふらするのがええことなんか。そやったら、大統領でも目指してアメリカ行ったらええんか。俺は心の中でふてくされた。

「ほんなら、戸村。お前、進学するのもええかもしれんね」

ひとしきり言い争いを見物していた岩倉先生が、ようやく口を開いた。

「は？」

教師生活も長くなって少しのことでは動じなくなったのかもしれないけど、店を継ぐと決めていた俺に、進学を勧めるってどないやねん。と、俺はまたもやきょとんとした。

「戸村、店継ぐ気でいたんやろ？」

「まあ、そうですけど」

「ということは、すぐにやりたい仕事見つけられへんやん」

「はあ……」

「そやったら、なんも慌てて働かんでも、大学行ってゆっくり考えたほうがええんちゃうか」

やりたい仕事はないにしても、今まで就職しか考えていなかった俺に、進学勧めるのはちゃうやろ。今はまず親父を説得するのが一番の手立てちゃうの？　俺は怪訝《けげん》な顔を先生に向けた。

「でも、俺、進学とか全然イメージないし」

「先生は戸村は学校向きやと思う」

「学校向き？」

「そうや。あと四年学生でいられるチャンスがあるんやったら、それをすべきやと思う。戸村は学校で成長するタイプや。大学行って、もう少し勉強してみたらええ」

「先生の言わはるとおりや。お前はもっと勉強せんなん」

教師の言うことは絶対真実だと思い込んでいる古い頭の親父は、大いに頭を振った。

「そやけど、センター入試の申し込みも終わったし、今更どうしようもない」

「なんやねん、そやったら、別にセンターで受けんでも、ちゃうとこで試験受けたらええやろ」

センター入試のシステムを知らない親父が言った。

「なんもわかってへんな。そやから、大学行くとしても、公立やろ？」

「そんなもん、私立でもなんでもええんちゃうんか」

「私立は金がかかるやん」

「なんやかんやと言い訳すんな。どうでもええけど、とにかく、わしはお前を置いておく気はないから、早く行き先を決めろ」

親父はまた怒鳴った。ほんまわけがわからん。戸村飯店で働くのは半ば俺の運命みたいなもんやったんちゃうんか。それが覚悟を決めたとたん、出て行けと怒られる。あまりに不条理すぎて俺は腹が立つより途方に暮れた。

「突然進路が根本から変わって、戸村もどうしたらいいかわからんやろう。ゆっくり考えろと言える時間はないけど、相談できる人には相談して、落ち着いて考えてみ」

岩倉先生は励ますように俺の肩を叩いた。

2

「北島君はなんになんの？」

「なんになんのって？」

「将来やん。もう決めてるんか？」

「おいおい、突然電話してきたことにもびっくりやけど、質問の突拍子のなさにもびっくりするわ」

家に帰ってすぐ、俺は北島君に電話をかけていた。

「そうか。悪い」

「いや、別に暇やしええんやけどね」

　さっさと指定校推薦で大学進学を決めた北島君は、悠々と毎日を過ごしている。放課後は音楽室に入り浸ってピアノを弾いたり、吹奏楽部の活動に参加して後輩を指導したりしている。

「大学はなんで行くことにしたん？」

「なんでって、そんな深い意味はあらへんけど」

「そっか。そやったら、大学出た後はどうするつもりなん？」

「とりあえず、会社で働こうとは思ってる」

親切な北島君はきちんと質問に答えてくれる。

「会社で何するんや？」

「はっきりとはわからんけど、そやなあ、海外と流通するようなことしたいなあと思っとるかな」

「さすが北島君、グローバルや」

「戸村は？　店継ぐんやろ？」

「そのつもりやってんけど」

「気変わったんか？」

「気は変わってへんけど。なんていうか、親父が出て行けって言うし」

「そうなん？　ラッキーやん」

北島君は軽快に言った。

「ラッキーなんか？」

「そや。出て行けってことは戸村、好きなことできるやん」

「好きなこと？」

「そう、自由になったんやろ？」

そっか。俺は自由になったのか。店を継がなくてもいいし、好きなことができるんだ。喜ばしいことなのかもしれない。だけど、好きなことって果たしてなんだろうか。海外と流通したいとかそういう漠然とした希望すら俺にはない。戸村飯店を継ぐことが夢だったわけでもないけど、ただ、そうなるのだろうと思って生きてきた。

「あー、俺あほやからなんも思いつかんわ」

「ま、進路はみんなが悩むもんやからさ。気にせず悩めばええやん」

北島君の慰めのような励ましのような言葉に、俺は「おう」とうなずいて電話を切った。

「おっさんとこの息子、建築の仕事継いどるやろ？」

「そやな」

俺はラーメンを運んだついでに広瀬のおっさんの横に座った。三十過ぎの息子はおっさんの会社で一緒に働いている。

「どや」

「どやって？」

「おっさん、息子のことどう思っとる？」

俺は親父に聞こえないように少し声を潜めた。

「なんや、唐突に。奇妙な質問や」

「ええからはよ答えて。ラーメンのびるで」

「なんやようわからんけど、別にどうも思ってへん。当たり前みたいな感じになっとるでな」

「継いでくれるんが、ありがたいんか、いらんのかどっちや」

俺はおっさんをせかした。明確な答えがほしいのだ。

「そんな問い詰めんな。そやなあ。もちろん、助かっとるとは思うとるけど、埋もれてもうとるとも思うな」

「埋もれてる？」

「そや。あいつかて、もうええ年になってしもうとるけど、もっと他にできることあったんちゃうかなとか思ったりすることもあるなあ。可能性ってのを潰してもうてへんかなってな。まあ、なんもできへんから、結局は家継いどるんかもしれんけどな」

「なんか、わかるようなわからんようなやな。結局、家継ぐのってええことちゃうの？」

「ええことや。そやけど、御座なりやな」

御座なり。なんだかよくわからない。もっといい答えがないのだろうか。兄貴が出て行ったから、仕方がない。俺がこの店を継ぐしかないのだ。そう思っていた。だけど、そう思い込んでいただけで、単に他にしたいことがなかっただけなのかもしれない。手っ取り早く店を継ぐという安直な考えに至っていただけかもしれない。夢も希望もない。俺はつまらない人間なのかもしれない。

岩倉先生は相談できる人には相談しろって言ったけど、こんなこといくら誰に相談したってすっきりした答えなど出ない。北島君と俺とは違う。広瀬のおっさんと俺の親父も違う。俺と同じ立場の人間。答えが出せるのって、今のところはあいつぐらいしかおらん。

家を出る前、次男の特権は先を見て学べることだと兄貴は言っていた。だったら、今、その特権を俺に与えるべきだ。

携帯電話を持ってるくせに、兄貴は出て行ってから、電話を一度もよこしたことはなかった。お袋が何回か電話をかけていたことはあるが、それ以外音信不通状態だ。いざ電話をしようと思ってみても、電話では話しにくい。というより、あいつと電話で話したことなんか一度もないし、あいつに電話をかけるなんてどうしようもなく気味が悪い。それなら、いっそ東京に行ってしまうほうがましだ。誰が行くわけでもないのに、冷蔵庫には兄貴の電話番号と住所が貼り付けてあった。

3

「あれ、コウスケやん」

突然行ったのにもかかわらず、兄貴はまったく驚かず俺をさらりと迎えた。座れないままおろおろ新幹線に揺られていたこと。想像を絶する東京駅のでかさに本気で迷子になりそうだったこと。駅員さんに教えてもらって乗ったはずの地下鉄がなかなか目的地に着かずどきどきしたこと。大阪と変わらんやん！　と自分に暗示をかけながら恐る恐る道を歩いたこと。兄貴が戻ってくる時間が見当もつかずアパートの部屋の前で心細くじっと座り込んで待っていたこと。住所だけを手に、約束もせず、ここまで来るのはどっぷり疲れた。でも、ごく当然のように迎える兄貴に、そんなもろもろがずいぶん昔のことのようにすっと消えてしまった。

「ああ、久しぶりやな」

ちょっと照れくさくなったけどほっとして立ち上がった俺は、兄貴の後ろに女の人を見つけてまた緊張した。

「あれ、か、彼女?」

「あ、そうそう。弟のコウスケ。で、アリサさん」

兄貴は、俺と彼女とをものすごく簡単に紹介した。

「岸川です。こんばんは」

兄貴の後ろにいた女の人が一歩俺に近づいて、軽く微笑んで頭を下げた。髪の毛がさらさらで、ちょうどいいくらいに茶色にしていて、すそにゆるいパーマがかかっている。体は華奢《きゃしゃ》だけど、背が高く、おしゃれな女の人。美人でついでに良いにおいまでする。いかにも東京の女の人って感じ。

「えっと、こんばんは、兄がお世話になってます」

きっといかにも大阪のガキって感じでダサいやろうなって心配しながら、俺も頭を下げた。

「ごめん、弟来てるし」

俺たちが挨拶《あいさつ》を済ませると、兄貴は女の人に言った。

「そっか。じゃあ、また電話する」

「うん、悪いな」

「ええ、ちょっと待って。そんなん悪いやん! 俺、出直すし」

女の人が俺のために帰ることになりそうな流れに、俺は慌てた。

「出直すって、今から大阪まで帰んの？　無理やろ」

「いや、そやったら、俺どっかで待ってるし」

「まあ、ええから」

兄貴はそう笑うと、「じゃあ」と、女の人に手を振った。女の人も「ゆっくりしてってね」と、微笑んだ。俺は一人「すんません」と、言い続けていた。

「ごめん。連絡とかするべきやったな」

部屋に入るなり、兄貴に謝った。

「なんで？」

兄貴は本気で不思議そうに首をかしげた。

「なんでって彼女やったんやろ？」

「まあな」

「ええの？」

「うん、また会えるし」

そっか。そうだった。兄貴はこういうやつだ。小さいころ、仲間で遊びに行くときにも、俺を連れて行ってくれた。一歳の年の差は幼いときはわりと大きい。でも、俺が行きたいと言えば、友達が面倒がっても聞いてくれた。俺と仲が良いからではなく、兄貴にとってはそれが普通のことなのだ。俺だったら、絶対に何よりも岡野を優先している。

「結構きれいにしてるんやな」

俺は兄貴が出してくれた座布団の上に腰をおろした。

六畳の和室に申し訳程度の台所と風呂が付いているだけの古いアパート。だけど、それなりにきちんと暮らしているのがわかる部屋だった。片付いてもないしおしゃれでもないけど、食べかすが散らかっていたり、殺風景だったりするのではなく、ちゃんと朝起きて夜寝ているというのがわかるような部屋。弟ながら、少し安心した。

「そうか？　めったに掃除とかせんけどな」

「でも、きれいや」

「そりゃどうも」

久々に見る兄貴は、なんていうか少しだけ格好よくなっていて、俺はちょっと調子が狂った。昔からモテるやつだったけど、あんな大人の彼女とクールに付き合ってるし、実家にいたときと同じような格好をしているのに、垢抜《あかぬ》けて見えた。

「なんや？　そんなにまじまじ見んなや」

兄貴は俺の前にお茶を置いた。

「別に見てへんけど。なんやお前、痩《や》せたんちゃうか？」

「そんなことないやろう。体重計ないからようわからんけど」

「そっか。まあ……えっと、元気なんか」

「おう、元気やで」

「学校辞めたんやろ？」

「そやな」

「東京に慣れたか？」

「もう半年経つからそこそこな」

「そっか」

一緒に暮らしているときにはほとんど会話をしなかったくせに、今は沈黙が苦しい。兄貴の近況に興味があるわけでもないのに、俺はせっせと質問を探しては投げかけた。正直な兄貴は何度目かの質問に、「もう飽きたわ。お前が俺のマニアなんはわかったけど、もうええやろ」と、軽口をたたいた。

「それよりコウスケ、おなかすいてへんの？　夕飯まだやろ？」

「ああ、まあ」

もう九時を過ぎている。いつもなら、二回目の夕飯を食べているような時間だ。

「なんか食うか？」

「お前はもう食ったん？」

「俺はさっき、食べてきたけど」

「そっか」

「簡単なもんでよかったら作るで。何がええ？」

「うーん、そやなあ」

「遠慮せんと言うてみ。まあ、たいした材料もないけど」

「ほんだら、……あ、ビーフストロガノフ」

俺は頭に浮かんだ料理名をそのまま口にした。

「へえ。コウスケ、そういうの好きやったんか。まあ、そやろな。中華は食い飽きてるもんな。生クリームも肉もないけど、それっぽいもんなら作れるかな」

「作れるかなって、兄貴ビーフストロガノフを知ってんの？」

「知ってるってほどでもないけど、適当に作れるやろ」

「すごいなあ」

「すごいって、ストロガノフくらい給食でも出たことあったで」

「給食に？」

俺は給食大好きで、残り物は必ずもらっていた。でも、そんな献立があったことなどまるで覚えていない。

「そう。ビーフストロガノフ風スープとかってたまにあったやん。なんや知らんけど、濃い味にして牛乳で煮たらビーフストロガノフって呼んでええんちゃう」

適当な兄貴は適当に言った。

「せやけど、肉入ってへんかったら、ビーフストロガノフちゃうやん。ただのガノフや」

「ただのガノフってなんやねん。ビーフストロガノフはロシアの料理やから、ビーフって牛肉って意味とはちゃうはずやで」

「やっぱ東京に住んでると物知りになるんやなあ」

「東京とか関係あらへん。給食便りに載っとったから知っとるだけや。給食週間のときに各国の料理紹介みたいなんで載っとったやん。そやから、印象に残っとるだけ」

中学校のときは一年に一度給食週間があって、変わった料理が並んだ。でも、給食便りにしろ学級通信にしろ、そんなお便りは読まずにかばんの底に溜《た》まっていくのが普通だ。給食便りをまめに読んでたのは、きっと兄貴ぐらいだ。

「学級通信は担任の説教じみたことしか載ってへんかったから読まずに捨ててたけど、保健便りとか、給食便りとかは結構おもしろかったで。まあ、学校の給食なんて、パエリア風ピラフとか、グラタン風チーズ焼きとか、いつも風味の域を出てへんかったけどな」

兄貴はそう言いながら、冷蔵庫からちょこちょこと材料を出して作業を始めた。

兄貴が料理をするのを見るのは初めてだった。無責任な兄貴は戸村飯店の厨房《ちゅうぼう》を手伝うことも、お袋の台所仕事を手伝うことも一切なかった。だけど、兄貴は包丁さばきも段取りも抜群にうまい。迷うことなく、さっさと野菜を切っては鍋《なべ》に放り込んで炒めていく。家を出るために手伝いを一切しなかっただけで、本当は器用な人間なのだ。

兄貴はものの十分ほどで作り終え、俺の前にビーフストロガノフとレタスだけのサラダを置いてくれた。

「よし、食ってくれ」

「ああ、いただきます」

俺は恥ずかしいのを我慢して、ちゃんと手を合わせた。目の前のビーフストロガノフは、ベーコンと玉ねぎとしめじをケチャップと牛乳で煮たというだけのものだったけど、おいしそうなにおいがした。

「うわ、めちゃうまいやん」

俺は一口《ひとくち》口に入れて、感動の声を上げた。単純にうまかったし、自分の身内がこんなしゃれたものを作れることに驚いた。

「腹減っとるしやろ」

「いや、マジでうまいで。こんなもんをちゃっちゃと作れるなんてマジですごいな」

「一人分やし、はようできるねん」

「いやあ、シェフ並みやわ」

兄貴はおおげさやなと俺を笑いながら、自分はお茶だけをごくごく飲んだ。

「兄貴は昔から器用やったもんな」

「どこがやねん。料理なんてしたことなかったやん」

「そやけど、なんか小学生のころから器用そうな顔してたやん」

「器用さって顔で決まるんか」

兄貴はけたけた笑った。

あの町でビーフストロガノフを知っているのは北島君だけやと思ってたのに、こんなに身近にいた。北島君の家で食べたビーフストロガノフとは違うし、北島君の家のほうが本格的な感じもしたけど、兄貴のストロガノフはそれはそれでおいしい。俺は勢いよくビーフストロガノフを平らげた。

「話があるんやろう?」

ストロガノフを食べ終えたころ、兄貴が切り出した。

「へ?」

「なんや話したいことあるんちゃうの?」

「ああ、まあ」

「なんや?」

改まって尋ねられると、言いづらい。俺はもうほとんど空になっている皿をもう一度スプーンでなでた。

「なんやって言うか……、兄貴さ、家出て行くとき、先を見て学べるのが次男の特権やって言うてたやろ？」

「そやったかな」

「そうやで。ほんでさ、俺、次男でお前長男やからさ、なんていうか……」

「なんやねんそれ。そんな前振りせんでも、言いたいこと言うたらええやん」

「ああ、そう、そうやな」

兄貴に相談ごとを持ちかけたことは、今まで皆無だった。学校のこと、恋愛のこと、自分のこと。相談どころか、兄貴には中身のある話をしたことがない。だから、話の進め方がわからない。俺はまた無意味にスプーンをいじくった。

「おい、わざわざここまで来て言いよどむなよ。あと三十秒以内に切り出さへんかったら、俺の次回作『若きコウスケの悩み』で、お前の人生の汚点を全て暴露するで」

「何が次回作やねん。お前、文章なんか書いてへんくせに」

「はい、十秒経過。第一章、小学五年にして先生に叱《しか》られマジ泣きするコウスケ。二十秒経過。第二章、小学校の卒業式で男子で一番最初に泣き出すコウスケ」

「ああ、うるさいなあ！　わかったたって。あのな、えっと、そう、親父に店継ぐとかあほかって言われてん」

この調子でいくと、第三章は中学校の入学式の次の日に告白して失恋した話だ。それは思い出したくもない。

「なるほど」

「出て行けとも言われた」

「なんや、そんなことか。あの親父はあほやからしゃあない。いかにも親父らしいやん」

兄貴は笑った。

「冗談でちゃうで。三者面談中に言い出すんやで。俺、進路決定の場で怒鳴られてんから」

「コウスケはそんなに店継ぎたかったん？」

「継ぎたかったっていうか、やっぱり継がなあかんやろなって思っとったっていうか」

「さすが責任感溢《あふ》れる次男や」

「そやけど、継ぐなって言われてしもうたら、何をどうしてええのかわからんようになってしもうてん。親父とか先生は進学しろとか言うけどイメージわかんし、かといって他に仕事っていうてもやりたいこともないし」

「戸村家の次男路頭に迷う、の巻やな」

「茶化すなや。なあ、兄貴はどうしたらええと思う？」

「そやなあ。俺やったら、三者面談中に御見苦しいところお見せしました。って、先生に饅頭《まんじゆう》持ってくな」

「ちゃうわ。その後や」

「まだ後があんのか。うーん、饅頭が口に合わんのやったら、せんべいやろ。でも、岩倉っちはよう甘いもん食ってたで。饅頭で大丈夫や」

「ちゃうちゃうちゃう！　俺のこと」

俺はドンドンと机を叩いた。

「どうやろなあ。俺やったら、こっそり親父に仕返しするかな。俺暗いやつやし」

「もっとまじめに答えろや」

「そやけどコウスケ。俺がまじめに答えたかってなんも参考にならんやろ」

兄貴は神妙な顔で無責任なことを言った。

「なんでやねん。アドバイスしてくれるんちゃうんか？」

「お前は俺とはちゃうからどうしようもない」

「役に立たん長男や」

やっぱり、兄貴に相談してもどうしようもなかった。親父やお袋に北島君の家に泊まるとうそまでついて、こっそり東京にやってきた道のりを振り返って、俺はどっと疲れた。

「そんな顔すんなや」

兄貴はふうっとため息をついた。

「考える気がないんとちゃう。俺とお前は立場も違うし、人間としても全然ちゃうやん。だからやで」

「どういうことやねん」

俺は兄貴の顔を見た。

「俺はいい加減な人間やから、そんなこと言われたらほいほい出て行くけど、お前はそうちゃう」

「そんなことあらへんけど……」

「お前は人の思いを裏切れんやつや。だから、その分あの店で好かれとるし、必要とされとる。俺とはちゃうやん」

兄貴の言葉に妙な気持ちになった。自分が褒められている嬉《うれ》しさより、そういうことを当たり前のように言う兄貴が、寂しかった。

「そうやろか」

「そうや。コウスケは戸村飯店にいるべき人物や。親父もお袋も店に来る人たちも、みんなお前がいるほうがええと思っとる」

「そやけど、継ぐなって言われたんやで」

「それは、今現在の話や」

「そやけど、俺は今、どうしたらええのかがわからん」

俺は本気で路頭に迷っている。先のことはともかく、とりあえず今現在、高校を卒業した後、どうすればいいのかが見えないのだ。

「俺も、お前は大学とかに行ったらええと思う」

兄貴は意外に簡単に答えを出した。

「なんで？」

「お前、ええ意味でも悪い意味でもまっすぐや。もっといろいろ見て勉強したらええんちゃうかな」

「そやけど、俺、なんも学びたいことないねん。勉強も嫌いやし、大学ってとこでやりたいこともない」

「学びたいことなんて、あるやつのほうが少ないって。大学生の六十二パーセントはやりたいことがないらしいで」

「なんやねん。その信憑性《しんぴょうせい》がありそうでなさそうなデータは」

「でたらめやけど、だいたいそんなもんやろう。いつもゴール決めて走る必要はない」

「そやけど、卒業した後の目安かてあらへん」

「コウスケ。お前そんなに、そやけど、そやけど、言う男ちゃうかったやん」

「そうかな」

「お前はいっちょやったろかってやつやろ？」

「そやけど、人生の一大事やん」

「大学行くのなんて、全然一大事ちゃうわ。人生にはもっとすごいことがある」

兄貴はちょっと長男らしい顔で言った。一年しか違わない兄貴なのに、どっと差をつけられている。

「やっぱ、俺あかんたれやな」

「あかんたれやから勉強したらええ」

「そやけど、今から勉強して間に合うんかな。金もないし」

「面倒くさいやつやなあ。お前、次、そやけど言うたら、俺の次回作『大阪の中心でコウスケは叫ぶ』で、岡野に対する鳥肌物の熱烈な気持ちをばらして世界中を引かすで。とにかく、四の五の言うてんと、やったらええ。それこそロハスや」

「何、ロハスって？」

「遅いの、安いの、うまいのや」

「ようわからん」

「俺かてわかってへん。とにかく、試験日が遅くて、学費が安いとこを探しに行こう」

兄貴は立ち上がった。今から大学めぐりでもするつもりだろうか。

「行こうってどこにやねん」

「弟よ、東京にはインターネットという優れものがあるのだよ。ネットを使えばなんでもちょちょいでわかるのさ」


俺と兄貴はネットカフェで並んで座って、せっせとパソコンを叩いた。キーワードを入れるだけで、いろんな情報が出てくる。初年度納入金の一番安い学校。

「安いとこで、六、七十万はするなあ」

「六十万とか、大金やん！」

兄貴の言った金額に俺の声は大きくなった。やっぱり大学はどえらいところだ。

「それくらいやったらいけるって。親父は百万くらいやったら出してくれるわ」

「んなあほな」

戸村家の家計からして、親父が百万を出す姿なんてとても想像できない。

「二、三百万くらいの貯金はあるはずやで。俺も金貸したる。そや、親父が家出るときにくれた封筒があるわ。まだ開けてへんけど、五十万くらい入ってるんちゃうかな。それかてお前が使ったらええ。大学入ってもうたら、後はバイトでもなんでもしたらええ。なんだかんだ言いながら親父もお袋もなんとかしてくれるに決まっとる」

世の中兄貴の言うようにうまくいくのだろうか。

「よし、じゃあ、次。学部で絞っていこう。経済学部、人間学部、文学部、子ども科学部。ごっつい種類あるなあ。コウスケどんなんがええ？」

「そやから、俺、ほんまやりたい学問ないんやけど」

人間科学、情報処理、福祉研究、いろんな学部の名前を見れば見るほど、不安になった。どれもついていけそうにないし、イメージすらできない。

「そんな硬く考えんでええ。こんなややこしい学部、六十二パーセントはそんなこと意味不明のやつらが集まっとるで」

「そうやろか」

「当たり前やん。人間科学とか本気で研究してるやつが何百人もおったら、世の中どえらいことやで」

「そっか。そやな。ああ、あかん、俺、店継ぐしか考えてへんかったから、ほんまなんも知らんのやわ」

「これからこれから。やっぱ商売とか経済系の学部がええよな。コウスケ店のことはきっとずっと頭にあるやろうし。で、場所。どうする？　やっぱ大阪？」

俺は少し考えてから、「こだわらへん」と、答えた。大阪を出て行くことなど今まで考えたこともない。大阪以外の場所にいる自分なんて想像できない。だけど、やっぱり大阪？　と言われてしまうのは、情けないことのような気がした。

「関西違ってもええの？」

「ああ。ほんまは大阪出るだけで、びびってまうけど。自分の家の庭で息巻いてたって

しゃあないしな。うん、関西ちゃうほうがええ」

「ＯＫ～」

兄貴は鼻歌交じりにデータを入れた。

自分のことも人のことも同じテンションでやってしまえる。昔から兄貴はよく動く男

だった。母の日には、毎年兄貴がカーネーションを二本買ってきて、「夕飯のときに渡

すんやで」と、俺にも仕込んだ。料理は一切しなかったけど、洗濯物を取り入れたり、

タイミングよく風呂を沸かしたりするのは兄貴だった。俺はそういう兄貴をずっとごま

すりでいけ好かないと思っていたけど、兄貴がすってたのはごまばかりではなかったの

かもしれない。

「よし、三つほど資料がお前の家に届くようになったし、あとは親父やお袋と一緒に家

で考えたらええわ」

「ああ、ありがとう」

気づいたら夜中三時過ぎまでネットカフェで過ごしていた。

俺たちは大急ぎでアパートに帰って、速攻で布団に入った。俺は兄貴が敷いてくれた

布団の上で寝た。兄貴はその辺のものをいろいろかぶって、それでもすやすや寝ていた。

昔もこれくらいの狭い部屋で兄貴と二人で寝ていた。なのに、今日はどきどきして俺の目はちっともふさがらなかった。兄貴の心地よさそうな寝顔を見ながらうつらうつらして、翌朝目が覚めると、兄貴はもういなかった。

「バイトに行くわ。俺が帰るよりお前が先に東京に来るとはな。大学生になってまた来いよ」

置き手紙にはそう書いてあった。

4

クリスマスや正月。冬休みの全ては受験勉強に消えた。

結局、俺は埼玉にあるA大学を受験することに決めた。決めるすべがなかったから、兄貴が送ってくれたパンフレットの中で一番入学金が安いところを選んだ。

お袋は「わざわざ遠くに行く必要ないやないの」と言っていたが、親父が「好きにしたらええ」と一喝《いっかつ》して、「もう願書の締め切りに間に合わん」とばたばたしている間に決まってしまった。大学の選択がこんなんでいいのかはわからないけど、来月の末には入試なのだ。とにかく勉強するのみだ。

兄貴は正月にも帰ってこなかった。元旦に年賀状付きの東京ばな奈が送られてきただけだ。いつも四人で食べていた簡単な御節《おせち》も今年は三人で食べた。兄貴がいても会話が弾んだわけではない。でも、三人の元旦はいつもよりひっそりしていた。正月と言っても、三日から店は営業だし、俺は入試だから、特に気にはならなかったけど。

新学期早々、俺のまじめな授業態度に周囲は驚いた。こないだまでは入試対策ばかりの授業にやる気もゼロだったけど、今は先生の言葉を一言も聞き漏《も》らさない勢いだ。けれど、今まで一切手をつけてなかったから、先生が何を言っているのか半分以上わからない。進学を考えてなかった俺は、勉強という勉強をまともにしてこなかった。クラブと店の手伝いに全精力を注いできた。授業中の半分は寝ていたし、半分は岡野のことを考えていた。今更遅いかも知れない。だけど、兄貴にも迷惑かけたし、やるしかない。

「やっぱり、こうなると思ったわ」

北島君は自分が使っていた参考書をどっと持ってきてくれた。目の前に積まれた参考書に、俺は重いため息が出た。

「そうなん？」

「うん。戸村絶対まだまだ学校に行く思うた」

「なんやそれ」

「戸村は指揮者やったり、マラソン大会実行委員やったり、そういうの好きやん。そういうのって学校ならではやしな」

「そうなんかなあ」

俺以外の人間は、結構俺のことがわかっているようだ。俺は参考書をぺらぺらめくってみた。見るだけでくらくらする。

「あちゃあ、どれもこれもちんぷんかんぷんやわ」

「わからんところはいつでも聞いてや」

「ああ、ありがとう」

北島君はがんばれよ、と小さなガッツポーズを作って見せた。全然力んでないさりげないガッツポーズ。北島君によく似合う俺が好きなポーズ。北島君に指揮を教えてもらった合唱祭前のドキドキをちょっとだけ思い出した。あのときだって、指揮なんて音楽なんてちんぷんかんぷんだった。だけど、やってのけた。あのときのように、いっちょやってみたらええのかもしれない。

俺を応援してくれるのは、北島君だけじゃなかった。この町は本当になんでも筒抜けだ。

世話好きの柏木のおばちゃんは、わざわざ参考書を持って店まで来てくれた。

「コウちゃん、大学受けるんやったら、絶対これで勉強し」

「これでって、おばちゃん、これ赤本言うて、その大学の問題が載ってるねん。ここの大学は、俺行くところとちゃうで」

おばちゃんがくれた参考書は、女子短期大学のものだ。

「赤本か青本かわからへんけど、これで勉強したから受かったって美和は言うとったで」

「そりゃ、美和ちゃんはそうやろうけど」

「もうおばちゃん、コウちゃんには絶対合格してほしい思って、必死で押入れから探してきてんよ。遠慮せんと使ってえな」

おばちゃんは俺にしっかりと赤本を握らせた。

「そっか。そやな。おおきに」

広瀬のおっさんはハンカチで重々しくくるんだボールペンを持ってきた。

「なんやねん、これ？」

「コウスケ、よう聴け。これはな、我が阪神タイガースが優勝をしたときに、監督が使ってたボールペンや。これさえあれば、どんなことでも成功する」

「めっさうそ臭いなあ」

俺はボールペンをまじまじ眺めた。どっからどう見ても昔からよくあるごく普通のボールペンだ。

「どこがうそ臭いねん。お前はそれを手にして、あのときの阪神の闘志を感じんのか」

「そんなもん感じるかいな。だいたい、なんでそんなマニアックなもんが、おっさんのところにあるんや」

「こないだ我孫子《あびこ》商店街の日曜市で出てたんや。五万もしたんやど。まあ、わしの話術でうまいこと値切って三千円にしたったけどな。これで受験がうまくいく思うたら、安いもんやろう」

おっさんは自慢げに言ったけど、三千円なんてぼったくりもええとこだ。

「そやな、おおきに。がんばるわ」

山田のじいちゃんは「コウスケの　前途を祈って　句を一句」とわけのわからない俳句を作り、勝手に店の壁に貼り付けた。隣の酒屋のおばちゃんは未成年の俺に、百年に一度しか作られないという幻の酒を勧めてくれた。ちょっとずつずれているけど、どれも確実に俺を奮い立たせてくれた。

岡野は毎日学校帰りにそのまま俺の家にやってきて、勉強にうるさく付き合った。自分は短大を推薦で受かっているから、余裕なのだ。

「入試終わった後の高校生活って、いまいち張り合いないと思ったけど、新たに目標ができてよかったわ」

「新たな目標ってなんやねん」

「コウスケの受験成功に決まってるやん」

「そんなん勝手に目標にせんとってくれ。プレッシャーやん」

「コウスケはプレッシャーがかかるくらいがちょうどええんよ」

岡野見張りの下、北島君にもらった参考書を解く。それが日課になっていた。

自称美人家庭教師岡野は、勉強を教えてくれるわけではなく、俺が気を緩《ゆる》めると、

「ちょっと、しっかりやらなあかん」と、活を入れるだけで、後は卒業文集係になった
らしくちょこちょこ書き物をしていた。そのくせしっかり八時過ぎまで居座って、お袋
に勧められるまま、チャーハンやら焼きそばをちゃっかり食べて帰った。

「なあ、この問題マジでわからんのやけど、俺、古文苦手やし、ちょう教えてくれ」

「どれどれ」

岡野は問題集を一分足らず眺めて、「わからんわ」と、言い放った。

「わからんって、まじめに教えてえな」

「そう言われても知らんもん。私だってそんな国語得意ちゃうし」

「なんやねんそれ。岡野がここに来てる意味ってあんのか」

「あるに決まってるやん。受験とは戦いなんやで。身近に応援する人がいてくれたら、
勝率が三割はあがるんやから」

「あっそう」

いい加減な理屈を勝手にでっち上げる言い回し。兄貴と一緒だ。俺の周りのやつはどうしてこうなんだろう。

「そんなことでいちいち止まらずに、どんどん問題解く！　わからんところは放っておいたらええやん。それと同じ問題が入試に出る可能性は限りなくゼロに近いんよ」

いい加減な岡野はそう言ったけど、わからないところを放っておいたら、一向に賢くならない。それに、問題集の表紙には「必出入試問題集」と書いてある。俺は岡野に食いつくのをやめて、本当に頼れる北島君に電話で質問することにした。

「古文も英文と一緒やし、全部訳そうと思うと難しくなるねん」

やっぱり北島君は丁寧に教えてくれた。

「うん。なんかわかった気がする。ありがとう助かったわ」

「いえいえ。でも、もうそんなとこやってるってはかどってるやん」

「そうか？」

「やっぱり、岡野さんが来てくれてるからやな」

北島君の声は冷やかすときもまったく調子が変わらなくて、俺は余計に照れくさくなった。

「そんなん全然や。なんも教えてくれんし、あんまり意味ない」

「でも、心強いやろう」

「どうかな」

「嬉しいくせに。そやけど、受かったら受かったで離れてしまうんやね」

「そうなんやなあ」

岡野が行く短大はここから電車で一時間もあれば通える。埼玉の大学にはここからは通えない。ということは、岡野とは今みたいに会えなくなってしまう。そんな当たり前のことを今更ながら考えた気がした。

「そうなんやなって、他人事《ひとごと》やな」

「俺、ほんまに一つのことしか考えられんから、なんかようわからんねん」

岡野は俺の中でどでかい位置を占めている。なのに、大学選択のときに岡野と離れないようにという条件は、思いつかなかった。本当に俺は馬鹿なのか、それとも自分でも気づかないうちに岡野のことをあきらめようとしているのだろうか。

「そもそも岡野は俺のこと好きちゃうからな」

「でも、毎日勉強付き合ってくれてるんやろ」

「それはそうやけど。でも、岡野かて、離れてもええと思ってるから、俺の受験応援してるわけやん」

「あほやなあ」

「あほ？」

「そう。ま、冬を制するものが女の子も制するんやで。がんばって」

北島君はそう言って電話を切った。


入試まであと一週間となった。勉強すればするほど、焦りは増えた。不安でどうしようもなくなって、落ち着かないまま勉強ばかりした。一番行きやすい高校を選んでそのまま受験した中学三年生。定期テストは必ず一夜漬け。そうやって生きてきた俺は、いくらやっても勉強には終わりが来ないことを初めて知った。

「お前みたいな気立てのええ子が落ちるわけあらへん」山田のじいちゃんはそう言ったけど、気立てのよさは入試に関係ない。「入試直前に慌てるな。今大切なんは体調管理や」岩倉先生もアドバイスしてくれたけど、三百六十五日健康体の俺の体調は管理する必要がなく、やっぱり勉強以外にすることはなかった。

お袋は毎晩夜食に、おにぎりやらうどんを作ってくれた。

「わざわざ作ってくれんでも、残り物でええのに」

「そやけど中華は油っこいし、胃に負担かかるやろう」

お袋は兄貴の机の上にうどんとお茶を置いてくれた。

「俺の胃は丈夫やし、何食っても大丈夫や」

兄貴の机に移動して、俺は卵とじうどんのだしを一口飲んだ。店で出すラーメンとは全然違うやわらかい味がする。

「入試直前なんやし、大事にするに越したことはあらへん」

「なんや迷惑かけて悪いなあ」

「あほな。そんな思ってもないこと言うとる暇あったら、しっかり勉強して合格し」

お袋は俺の机の上を布巾で拭《ふ》きながら言った。

「はいはい」

「はいは一回でええ」

「はーい」

「間延びした返事をしな。ほんまにあんたはあほやねえ。こんなんで大学に行けるんかいな」

「行ける行ける。返事は下手やけど、頭はかしこやから」

「どこがかしこやねん。コウスケがかしこやなんて、一度も聞いたことあれへん」

お袋が俺の頭をはたいた。

ラストスパートに伴って、岡野は勉強に付き合うだけでなく、手作りのお菓子を毎日持ってきてくれるようになった。好きな人の作ったものはなんでもおいしいと言うけど、岡野のお菓子は別格。

俺はパサパサした小麦粉そのままのクッキーを食べ、むせそうになりつつ勉強にいそしんだ。岡野は卒業文集の作業も終わってやることがなくなったらしく、ジャンプを読んだり、兄貴の机の中を観察したりして気ままに過ごした。そんな暇があるんだったら、もうちょっと研究して少しはおいしいクッキーを焼こうとかいう気がないのだろうか。岡野の俺の前でのいい加減さは天才的だ。それでも、無防備にマンガを読んでごろごろしている岡野を見るとムラムラした。

「ちょっと、やらしい目で見んとってよね」

変なことにだけ鋭い岡野は俺の視線に気づいて立ち上がると、問題集を覗《のぞ》きに来た。

「二ページしか進んでへんやん。もう、頭の中煩悩《ぼんのう》だらけやし」

「じっくり考えてるだけや。煩悩とか勝手に決めんなや」

岡野に見透かされて、俺はむきになった。

「どうでもええけど、今コウスケに大事なのは何?」

「そりゃ、勉強やけど」

「やろう? じゃあ、それ以外のこと考えてる暇ないやん。全てを勉強に向けるんやって」

「どえらいスパルタや」

「しゃあないやん。あと四日しかないんやで。ほら、集中集中! 受かったらなんでもしたるから、ね」

岡野は俺がそういうことできへんのを承知で言う。この軽いノリ。ふざけた言い回し。本当に兄貴とよく似ている。いや、似すぎている。

そうだ。うっかり忘れそうになっていたけど、岡野は兄貴のことがめちゃくちゃ好きだったんだ。俺の家庭教師なんて体《てい》のいい言い訳で、本当は兄貴がいた部屋にいたいだけなのかもしれない。兄貴に失恋したとか言ってたけど、そんなの当てにならない。兄貴には彼女がいたけど、あいつならあちこちの女の子にいい顔ができる。もしかして、二人はうまいことといってるのかもしれない。だから自然と口調が似てくるのだ。普段話をしていなければ、こんな風に似るわけない。

こんなことしたらあかん。ほんま最低やって俺の中の小さな天使は言っていたけど、なんのストッパーにもならなかった。俺は岡野がトイレに行くや否や、すぐに携帯電話を手にとった。思ったとおりだ。着信履歴にも、発信履歴にも「戸村先輩」の文字があった。

5

「新幹線のチケットと、あと、ホテルの電話番号と住所。これはすぐ出せるように外側のポケットに入れとくで」

「ああ、ありがとう」

「ほんでこれが駅からホテルまでの地図。こっちがホテルから大学までの地図。こっちはかばんの裏ポケットのほうな」

「おう」

「わかってるんかいな。コウスケ、ちゃんと自分で見て確認しなさいな」

「はいはい」

出発前夜、店が終わるとすぐ、お袋がせっせと準備をしてくれた。ホテルの予約も交通の手配も全部やってくれた。お袋に言われたままに行けば、入試会場に行ける。勝手に関東の大学を受ける俺のために、至れり尽くせりだ。

「目覚まし時計も入れてあるけど、万が一、寝坊して間に合いそうになかったら、タクシーに乗ったらええ。こっちの封筒にタクシー代入れとくからな。で、制服はホテル着いたらすぐにハンガーにつるしておくんよ。しわしわやったら、あほやと思われるからな」

「了解」

「返事ばっかり調子ええんやから。絶対あんたかばんの中入れたままにしとくやろ」

「大丈夫大丈夫。着いたらすぐにちゃんとかけるって」

小学校の修学旅行のときみたいな念の入れようだ。お袋は普段は店をやっているから、なかなか学校や俺たちのことに手が回らない。学校行事もPTA活動もほとんど欠席だった。その分、できるときには目いっぱいやってくれる。遠足や体育祭。親は来てなくたって、俺の弁当は正月並みに豪華だった。

「ここに正露丸《せいろがん》とバファリンと酔い止め入れとくで」

お袋は小さなピルケースを俺に確認させた。いつもは三十八度を超えないと病気と認めてくれないくせに、三種類も薬をくれるなんて大盤振る舞いだ。

「船で沖に出るわけやないねんから、酔い止めとかいらんやん」

「備えあれば憂いなしやないの。あんた新幹線なんか滅多に乗らんやろ。東京は人が多いねんから、人に酔うかもしれんし、なんせ首都やからな。甘く見たらあかん」

「梅田や難波とそう変わらへんって」

そう言ってはみたけど、大いに違う。こないだ兄貴のところへ行ったとき、東京のでかさを思い知った。岡野はあんなごちゃごちゃした所に時々行ったりするのだろうか。それとも電話で話したりしているだけだろうか。岡野と兄貴について考えたいことはいろいろあった。だけど、考え出したらきりはない。そんなことをしたら、頭がおかしくなるだけだ。受験だってできなくなってしまう。それに、岡野と俺は付き合ってるわけでもないし、もうすぐ離れ離れにだってなる。俺がとやかくできることでもないのだ。

「前の晩はカツ丼でも食べと言いたいところやけど、油物は胃に負担かかるし、和食にしときな。ちょっとでも野菜食べなあかんよ」

「はいはい」

お袋は「夕飯代」と書いた封筒をかばんの底に入れた。封筒を詰め込んだお袋は、次はタオルやビニール袋を入れ始めた。ビニール袋はなんにでも使えるし、何枚あっても邪魔にならへんというのが、お袋の持論だ。大量のビニール袋を入れてくれているけど、イモ掘りに行くわけでもないのに、きっと入れるようなものはほとんどない。

「初めてのおつかい並みやな」

「初めて一人で泊まるんやから、同じようなものやないの」

「まあ、そやな」

「よし。これで大丈夫やろ。もう今日ははよ寝なさい」

「ああ、ありがとう。悪いな、こんなことまでしてもろうて」

「こんなこと？」

「勝手に家出て、大学行くのに」

俺は選択が間違っていたのではないかという疑いを抱きそうになった。なんの目的もないくせに、関西を離れて関東の大学に行く。安易に進路を決めて、生まれ育った場所を離れることで自立しているかのように息巻いて、結局は散々迷惑をかけている。

「よう言うわ。ほんまあんたはいちいち大げさやなあ」

「そやけど」

「こんな旅行準備なんか足元に及ばんぐらい、今までにもっとしたってるがな」

お袋は笑った。

「そやったかな」

俺も笑ってみた。笑いながら、大学に行ったらこんなどうでもいいやり取りもできないようになるんだなと胸が痛くなった。兄貴はさっさとご機嫌にここを去っていったけど、俺には無理だ。やっぱり俺はずいぶん甘えた人間なのかもしれない。今になってこの場所を離れることが怖くなってきたのか、自分の勝手さに申し訳なくなったのか、胸が落ち着かずざわわしていた。


出発の日の朝、俺宛に荷物が届いた。

日時指定で送られてきたくせに、送り主の名前もなく、茶色い紙でいい加減に包装されたいびつな形の荷物で、「なんやねん、気味悪いなあ」と、ぼやきながらびりびり包みを破いた。

紙包みの中には、巨大な白い布の塊が入っていた。人形、どうやらてるてる坊主のようだ。頭の部分にこれでもかってくらいぎっしり新聞紙が詰まっていて、ずっしり重い。

にじんだマジックで顔まで描かれている。

いったいなんなんだ、この不気味な物体は。誰がなんのつもりで送ってきたんだ。と、てるてる坊主を抱き上げたとたん、一気に記憶が流れ出た。そうだ、これはてる子だ。

俺と兄貴は子どものとき、ことあるごとにてるてる坊主を作った。俺たちはてるてる坊主が天気を左右するものだと知らず、幸せをもたらしてくれるお守りのようなアイテムだと思っていた。だから、運動会や遠足の前の日はもちろん、小遣いを値上げしてほしいときやテストの前にも、てるてる坊主を作ってお祈りをした。

「あっ、明日参観日やで、お母さんたち見に来んようにてる子作って防御しとこう」

とか言いながら、ティッシュを丸めて輪ゴムで止めマジックで顔を描いて天井からぶら下げる。それが、戸村兄弟のお守りだった。俺たちはてるてる坊主を「てる子」と名づけ、祈りをこめた。効き目のほどはわからないけど、狭い部屋の中にはしょっちゅうてる子がぶら下がっていた。もちろん、小学校を卒業するころにはそんな習わしは自然となくなっていったけど。

兄貴から届いた荷物は、てるてる坊主だけで他には何も入っていない。でも、てる子は最高の笑顔をしていた。

「やっぱ、あいつはあほやなあ。どうせなら、コンパクトサイズにしてくれたらええのに」

俺はすでに満杯のかばんの中にてる子を詰め込んだ。

岡野は駅まで見送りに来てくれた。

「これが行きの電車の中で食べる分で、こっちがホテル着いてから食べる分で、あと入試の日の朝と終わってから食べる分ね」

岡野は小分けされたいつものお菓子が入った小さな紙袋を渡してくれた。そんないっぱい小麦粉の塊を食べたら入試直前に胃がおかしくなりそうやと、心の中でつっこみながらも、俺はありがとうを言った。

電車が来るまで少し。岡野と並んで待つ。登下校のときも同じ駅を使っているから、何度も繰り返している日常だ。だけど、今日は私服のせいか、寒さでほんのり赤くなった頬《ほお》のせいか、いつもよりもっと岡野がかわいく見えて、

「受かったら、離れてしまうな」

思わず俺はつぶやいていた。

「離れるって？」

「俺、埼玉に住むことになるやろ」

「だからなんなん？」

「何ってことないけど」

「どうでもええけど、私のこと、落ちたとき言い訳に使わんとってよ」

岡野はしかめっ面を作った。

「そんなん使わへんわ。ほんま受からんとね」ってか、落ちるわけあらへん」

「そうやね。ほんま受からんとね」

「うん、がんばるで」

俺は小さなガッツポーズを作って見せた。

「きっと、コウスケやったら大丈夫やよ。勉強かって、まあ、土壇場やったけどいっぱいしたし」

「そやな。ほんまありがとう」

「私はなんもしてへんけど」

「そんなことない。勉強とか毎日見てくれたし、まあ、うまないけどお菓子もいっぱいくれたやん」

「うまないけどは余計やわ。でも、コウスケが大学行くのには、いろんな人の思いがかかってるからね」

「うん、わかっとる」

岡野の言葉はすごく素直に心に入ってきた。本当にそのとおり。ここでは、たくさんの人が応援してくれる。それはたぶん戸村飯店の息子だからだ。とてもありがたいことだけど、いつまでも戸村飯店の息子ってものに、頼っていてはいけない。電車がホームに入ってきた。いつものとぼけた緑色の電車。けれど、今日はいつもと違う場所に俺を連れて行く。

「よっしゃ、まあいっちょ行ってくるわ」

俺はわざとらしいくらい自然な口調で言った。

「うん。コウスケ、がんばって」

岡野はいつもと違って、真剣な目をして俺に手を振った。

電車の扉が閉まって、のんびり加速していく。岡野はずっとずっと手を振ってくれた。なんて悲しい選択をしてしまったのだろう。俺はそう思いそうになるのを振り切るように一生懸命手を振った。

岡野がくれた紙袋の中には、お菓子だけでなく手紙が入っていた。

今回はゴーストライターを立てずに自分で手紙を書きました。

でも、受験勉強中のアドバイスは、戸村先輩の受け売り。毎日のように、コウスケの勉強状況を尋ねてきたんだよ。

コウスケ、愛されてるね。そして、私もコウスケのことが好き。

封筒にも入っていなくて、ただのルーズリーフにたった四行、黒いボールペンで書かれていた。でも、十分俺を勇気づけた。

ちきしょう。岡野、めっちゃかわいいやん。

ちきしょう。兄貴、やっぱ俺の何倍も賢いやん。

本気で俺は勉強しなくてはいけない。大学でなんでもかんでも頭に詰め込んで、自分にできること見つけてめっちゃ賢くならなくてはいけない。

俺は、ほとんど使わないものでいっぱいになっているかばんをもう一度しっかり持ち直した。

第6章

1

「おーい！　ヘイスケ！　バイト代入ったから、来てやったぞ」

四時過ぎ、すっかり静かになった店に声が響いた。古嶋だ。

「おう。いらっしゃい」

「ハンバーグ定食と焼き魚定食。あとコーラとダイエットコーラもね」

古嶋は大きな声で厨房《ちゅうぼう》に向かって注文した。

「これでヘイスケも楽できっしょ？」

古嶋はしょっちゅう店に来て、バイト代が入るとどっと注文してくれた。別に店の売り上げが上がろうが下がろうが、俺の時給に変動はないのだけど。

「よし、ヘイスケのためにもりもり食べるぞ」

「サンキュー」

俺はでかい皿にハンバーグと焼き魚を盛りつけ、ご飯を大盛りにして古嶋の元へ運んだ。ところが、古嶋は、

「だめだ。食欲ない」

と、目の前に食べ物が並んだとたん、がくりと肩を落とした。

「どうしてん？」

「わからないけど、なんか食べる気があんまりしない」

「珍しいな。古嶋、年がら年中大食いやのに」

俺は古嶋の前に座った。客もひいたし、せっかくだから話し相手になってやれよ。友達だろう？　品村さんがそう言ってくれた。

「どうしたのかな。なんか、俺、人生に疲れたのかな」

「そりゃ、大変やなあ。学校でなんかあったん？」

「うーん、特には何もなかったかなあ」

古嶋は一日を思い出すように目を細めた。

「課題がうまくいかんかったとか？　誰かとけんかでもしたとか？　彼女ともめたとか？」

「いや、どれも違うな。そんな単純なこととは違う。食べようという意欲が湧かないんだぜ。生理的欲求に拒否反応を起こしているということは、人生そのものに絶望し始めてるってことだ」

大げさな台詞《せりふ》なのに、古嶋が吐くと全然格好よくないから笑える。俺は噴き出しそうになるのをこらえて、神妙な顔を作った。

「そりゃ、どえらいことやね」

「ついに俺、将来に行き詰まったのかもしれない」

「将来ねえ。なあ、前から聞いてみたかってんけど、古嶋はどうして小説家になろうと思ったん？」

古嶋が絶望している横で、俺は付け合わせのフライドポテトをつまみながら訊いた。せっかくのポテトが冷めてぼそぼそになったらもったいない。

「突然、核心に迫る質問だな」

「そう？　古嶋って明朗快活なとこが取り柄みたいなとこあるやん。そやから、形のないものを表現したり、研究したりっていう作業にあまり向いてへん気がすんねんなあ。どっちかというと、重いものを運んだり、でかいものを作ったりするんが合ってそうやのに小説家目指してるのって、ずっと不思議な感じしててん」

「さすがヘイスケ、俺の連れだ。鋭いね。そもそも、俺、小説家になろうと思ったのは中学三年のときなんだ」

「案外早くから考えてたんな」

古嶋は失礼なことを言われているのにもかかわらず、ご機嫌に打ち明け話を始めた。

「そうかな。中学校三年生のときさ、教科書に『故郷《こきょう》』って話載ってたの覚えてる？」

「なんかあったような、なかったような」

「足を小さくしたずる賢いおばさんがダッシュで手袋とって逃げていくっていう、荒廃した社会の暗さを描いた話なんだけどさ」

足の小さいおばさんが手袋とって逃げる話のどこが社会の暗さを描いているのかはいまいち不明だったけど、俺はなるほどとうなずいた。

「その『故郷』の作者って、魯迅《ろじん》っていうんだけど、最初医者を目指してたんだって。それが途中で文学の道に転向したんだ」

「それと、古嶋とどう関係あるん？」

「魯迅はいくら病気を治したって、精神を直さなきゃだめだってことに気づいて小説家になったんだ。本当に人々を救うのは文学だって言ってた。もちろん、魯迅に直接聞いたわけじゃないよ。国語の便覧に載ってたんだけどな」

「まあ、そやろなあ。教科書に載るような人はきっととっくに死んでる」

「そう？　基本的な考え方は魯迅と同じ。俺、小説家目指す前はヒーローになりたかったんだ」

「ヒーロー？」

「ほら、ウルトラマンとか、仮面ライダーとか」

「そりゃすごすぎる」

爆笑する俺に、古嶋は「中一のときまでの話だ」と、怒ったけど、中学生にもなってそんなんに憧《あこが》れているやつはちょっとやばい。

「中学に入って、自分の可能性がわかってきて、仮面ライダーになるのをあきらめるしかなかったってのもあるけど、なんていうか、人生って厳しいだろう？　どんなやつだって、だいたいみんな三日に一度は悩んでる。恵まれているやつは小さなことですぐに弱音吐くし、根性あるやつはあれこれぶつかりに行って結局弱っちまうし。金なんかでは足しにならないことだらけだし、愛だけでは解決できないことのほうが多いし、勇気や健康があったところで人生楽しくならないし。難しいじゃん。みんなすぐに死にたがるし、人生楽しいなんて心底本気で思っているやつなんてきっと十人に一人くらいだろう？」

「さっぱりようわからんけど、十人に一人も楽しんでるやつがおったら、どんどん日本は平和ボケしてまうわ」

「そう？　とりあえず、ウルトラマンほどの力はなくても、何かちょっとでも光を生み出せるようなことしたいなって思って、で、思いつくのが今は小説書くことぐらいなんだ。今は今思いつくことをやっておく。また、変わったら、そのとき、それを必死でやればいいかなって」

「ふうん」

「ヘイスケはどうして？」

「へ？」

「お前はどうして小説家になろうと思った？」

「そやな、俺は……、なんていうか、そう、家を出たかってん」

「は？　家を出たいから小説家になるって、それこそ俺以上に意味不明じゃん」

「まあ、そうなんやけど」

俺は小説家になろうなんてまったく思ってなかったこと、戸村飯店のこと、親父のこと、大阪のこと、コウスケのこと。その他いろんなことをとりとめもなくぽろぽろと話した。古嶋は一つ打ち明けるたびに、いちいち目を輝かせてしきりに感心してくれた。

「結局、小学生のころから居心地が悪くて、ただひたすら家を出たかった。ほんま俺ってそれだけの人間やねん」

「そっか。ヘイスケって、人に認められたい気持ちが強いとこあるからな」

古嶋はそう感想を述べた。

「そうなん？」

「そうなんって、だから、全然そんな気もないのに、小説書いてみたりしてたっしょ？」

今まで人に認められたいなどと意識をしたことはなかった。だけど、作文を書いて先生に褒められた。友達にすごいと言われた。それが嬉《うれ》しくて、自慢げに何度も書いた。賞もいくつかもらって、のせられるまま友達の分まで代わりに書いてやった。それは、誰かに認められてるのが気持ちよかったからかもしれない。家から逃げたい。この場所にいたくない。そう思っていた。それは、あの場所で誰にも認めてもらえなかったからかもしれない。

「そう言われたら、なんや俺ってやらしいやつなんやなあ」

「どうして？　男なら誰でもあるっしょ。そういう感情。だけど、親と自分との間で悩むとか超青春だな。さすがヘイスケ。ドラマチック」

「どこがやねん。仮面ライダー目指す方がスペクタクルやわ……って、あれ？」

「どうした？」

「俺、この話したん、古嶋が初めてやわ」

「へえ」

「あの町が苦手だったこととか、本当は小説家を目指してないこととか、家を出ることしか夢がなかったこととか、初めて人に話した」

すごく強く思っていたはずなのに、ずっと頭にあったことなのに、子どものときから誰にも話さなかった。別に友達にくらい話してもよさそうなのに、ずっと自分の外へは出てこなかった。

「仕方ないよ。東京来て、まだ一年も経たないんだからさ。連れって俺ぐらいっしょ？」

古嶋は見当違いに励ましてくれた。

「まあ、大阪でも話してなかってんけどな」

「そんなことないだろう。あ、思い出した！」

「どうしたん？」

「俺、今日十一時ごろまで寝てて、二時間くらい前に朝ごはんにチキンラーメンとUFOとバナナ食ったとこだった」

「そやから？」

「だから、食欲なかったんだ」

「人生に疲れてへんの？」

「うーん、なんか大丈夫。食べられそうになってきた」

古嶋はさっそくハンバーグに箸《はし》をつけた。幸せなやつ。

「よかったな」

「うん。元気があればなんでもできるって、ニーチェもゲーテも言ってるもんな。哲学者の言うことは時々すごく的を射ている」

きっとそれはゲーテやニーチェではなく、アントニオ猪木の言葉だ。そう思いながらも、十分前人生に疲れていた古嶋が、次々と俺の時給のために定食を平らげるのをほほえましく見ていた。

2

「正社員にならないか」

三月の終わり、品村さんが口を開いた。開店前、暖かくなってきたから季節のメニューでも出そうと、新ジャガや新玉ねぎを使った料理を試しに作っているところだった。結構重要なことを「ちょっと塩取ってくれないか」くらいの勢いで唐突に告げられて、俺はどう反応していいのかわからず、品村さんの顔をじっと見つめてしまった。

「え？」

「仕事内容が変わるわけじゃないけど、正式にこの店で勤めてみないか？」

品村さんは濡《ぬ》れた手をタオルで拭《ふ》いて少しだけ改まった。

一年近くほぼ毎日バイトをしてきたのだから、あってもおかしくない話なのかもしれない。だけど、まるでピンとこなかった。もちろん、この店を辞めようと思ったことは一度もない。だけど、同じくらいこの店をずっと続けていくというイメージもなかった。

「給料が時給じゃなくて月給になるくらいの変化しかないんだけどね」

戸惑っているのがわかったのか、品村さんがたいしたことではないように言った。確かに仕事内容はこれといって変わらないだろう。でも、そんなこととはまったく違う大きな変化がある。俺はどう答えていいのかわからなかった。

「戸村君がバイトで本当に良かったと思ってるんだ。戸村君が来てくれて、この店は変わったよ」

「はあ……」

「その台詞、何回も聞きましたよ。品村さんはいつも俺を買い被りすぎですよ」

「そんなことない。こんなに真剣に店のことを考えてくれる人も、一生懸命働いてくれる人もそうそういない」

品村さんの過大評価には参る。くすぐったくなった俺は、手を再び包丁に戻し、ジャガイモを切りにかかった。千切りにしてさっとごま油と甘酢にくぐらせる。きっとシャキシャキしておいしい。

「品村さんは俺以外のバイトを知らないからですよ。今時の若者は、実はまじめで働き者なんです」

「そうかなあ」

「そうですよ。おじさんたちの自尊心を傷つけないように、若者たちはわざと自分たちのまじめさを隠してふざけてるんです」

「ははは。そりゃ、初耳だ。確かにまじめなバイトはいるかもしれない。だけど、戸村君はそれだけじゃない。センスがある」

「センス?」

「RAKUの料理の半分は、戸村君のおかげでよくなっている。定番メニューは味が完全に確定したし、日替わりメニューも客の心をつかむものになってる」

「それは俺のおかげじゃないですよ。どんなものでも、一年も経てばほうっておいたとしても良くなるものでしょう」

「そういうふうに考えるのが、戸村君の美点だね」

年下の人間をまっすぐに褒められるところこそ、品村さんの美点だ。この人にどう言っても仕方ない。俺は降参を示すように肩をすくめた。

「どう答えていいかわかりません」

「困らせるつもりはなかったんだけど」

品村さんは申し訳なさそうに言った。

「困ってはないですよ。ただ正社員にピンとこないだけです。なんていうか、それはまだっていうか」

「そっか。でもさ、正社員の話は置いておいても、戸村君、どうするつもりなの?」

「どうするって?」

「就職とか、するんだろう?」

「ああ、まあ」

「何か考えていることがあるの？」

賃貸アパートでバイトしながら一生過ごすの？　そういうことだ。ずっとこのまま目的も持たずにふらふらしているの？　そういうことを言っているのだ。

「いや、特には」

情けないと思いながら、俺は正直に答えた。

「そっか、そうだね。ま、まだまだ十九歳だし、それで十分だね。腰を据えるには早いよな」

優しい品村さんは、そろそろ準備しなくちゃなと話を切り上げた。

正社員に誘われた話を打ち明けると、

「どうして私に相談するの？」

と、逆にアリさんに驚かれてしまった。

「どうしてって？」

「正社員になんかなる気ないんでしょう？　決まってるのに相談するなんて不思議」

アリさんは自分用に取り分けたピザに、しっかりタバスコを振って口に入れた。

「なる気ないなんて決まってへんし、まあアリさんの意見も聞いてみようかなあって思うて」

「戸村君頑固だから、自分の決めたこと以外できない人じゃない」

「そうなん？」

いつもアリさんの意見を優先しているのに、そんなこと言われるとはちょっと意外だ。

「そうよ。一生ＲＡＫＵにいる気はないんでしょう。そもそも、迷う余地がどこにあるの？」

「そやなあ」

迷っているとしたら、品村さんのことだ。ＲＡＫＵはそこそこ繁盛しているのに、働いているのはみんなアルバイトだ。正社員が必要だというのは俺でもわかる。俺である必要はないけど、共にどっしり腰を据えて働いていく人があの店にはいる。

「それよりさ、春休みの旅行のこと考えた？」

「へ？」

「こないだ言ったでしょう？　春休みに二泊くらい旅行しようって」

「そっか。そやった」

花園総合クリエータースクールも三月末から四月初めまで春休みになる。そのときに一緒にどこか行こうと、こないだ会ったときに話していた。

「旅行先の候補は決まった？」

「ああ、まあ」

旅行に行こうと言われたとき、単純に二泊も一緒にいられるのは楽しいかもしれないと思った。でも、二日間も旅行に行くほど俺たちは仲が良いのかなと考えたりもした。やらしいけど一緒に寝たいとは思う。でも、丸二日間一緒にいることは気詰まりだなと不安にも思った。

「ああ、まあってどこよ」

「まあっていうか、実はあんまり考えられてないねん」

「なにそれ。今度までに考えといてよって言ったじゃない」

アリさんはちゃんと課題をしてこなかった俺に、ため息をついた。

「そうやったな。すんません」

「じゃあ、どこか行きたいところはないの?」

「行きたいところなあ……」

行きたいところなんてそうそう思いつくものでもない。九州も沖縄も北海道も行ったことないけど、取り立てて行きたいわけでもない。家族旅行もしたことないから、もう一度行きたい場所もない。竹下の兄ちゃんと行ったディズニーランドは楽しかったけど、ここから二泊で行く必要もない。

「そんな考え込まなくても、一つや二つは思いつくでしょう」

「うーん、そやな、どこでもええよ」

俺は友好的に言ったのに、

「どこでもいいんじゃなくて、どうでもいいってことでしょう？」

と、アリさんはまたもやため息をついて、ピザのお皿を横によけ、パンフレットをテーブルの上にどさっと置いた。

「何これ？」

「この間話した帰りに旅行会社に行ってパンフレット取ってきたの」

「へえ、すごいな」

俺はパンフレットを何枚か手に取った。北海道に四国に韓国。パンフレットの旅行先はなんの共通点もない。

「アリさんだって、本当はどこに行くのがいいのかわからんのやん」

「違うわよ。私はどうでもいいんじゃなくて、本当にどこでもいいんだよ」

「どこでもも、どうでもも、よう似たもんやって」

「そうかなあ」

少し核心を突かれたアリさんは、ちょっと機嫌を直した。

「俺の家さ、店やってるから小さいころはどこへも行かれへんこと、文句ばっかり言ったった。夏休みとか正月とかも休みちゃうから、みんなが遊びに行ってるとき、家におらなあかんくてさ。海に行きたい、遊園地行きたいっていつも弟とすねてたのに、大人になって、どこでも行けるとなると、なかなか思いつかんね」

「だったら、私、大阪行ってみたい。戸村君の生まれたところとか、育ったところとか、見てみたい」

「大阪なあ……」

「嫌なの？」

「嫌っていうか……」

「案内してよ。大阪には何回か行ったことあるけど、戸村君の住んでたようなベタベタな大阪ってじっくり見たことないし」

「いや、やっぱあかんわ」

「どうして？」

「あかん。なんかちょっと敷居が高い」

今の俺にとって、大阪に行くというのは気楽なものではなかった。誰かに責められるのが怖いわけではないけど、あそこに「行く」のも「帰る」のもちょっと重い。あの場所に足を踏み入れるのは、旅行とか、帰省とか、そういうテンションではやっぱり無理だ。かなり力を入れないと入れない気がする。だから、お盆休みも正月も帰れなかったのだ。

「そっか」

アリさんは少しがっかりした声を出した。

「ごめん。そのうちきっと案内するし」

「わかった。じゃあ、今回は東京旅行にしよう」

「東京？」

「うん。せっかく戸村君東京にいるんだしさ、これでもかっていうくらい東京を案内するよ」

「それもええかもな。うん、それがええ」

「東京だったら、どの辺がいいかな？　この際おしゃれなホテルとかとっちゃおうか？」

「ああ、うん。そやな」

話がまとまりかけてきて、俺はずっと気にかかっていたピザを手に取った。

「おいしいうちに食べてって、チーズの声が聞こえてん」

俺はアリさんの視線に言い訳をした。

「戸村君って、スピリチュアルパワーがあるんだね」

アリさんは笑って、そう言えばここはミックスジュースもおいしいんだよ。と、パンフレットを片付けて、お店の人を呼んだ。

3

木曜日の昼過ぎ。昼前まで熟睡してようやく部屋の片付けが終わったころ、ドアをごつごつ叩《たた》く音が聞こえた。アリさんのノックとは違う、強い音。「はいはい」と返事をしているのに、まだ叩いている。うまい具合に家にいるときを狙《ねら》ってくるいつもの新聞の勧誘だろう。

「なんすか？」

不機嫌を装ってドアを開けると、目の前には新聞屋のおっさんではなく、コウスケが立っていた。

「よう」

「ようって、なんやねん⁉」

「なんやねんって、受かったで」

コウスケはピースサインを作って見せた。

「受かったって？」

「決まってるやん。無事大学合格！」

「そんなん、いちいち報告せんでもええのに」

「いやいや、普通、報告するやろ?」

なんでも言い合う兄弟ではないのに、コウスケは当然のように言った。

「にしたかって、こんなとこまで来んでも電話で十分や」

「電話の方がいちいちやん。だいたい俺と兄貴、電話で話したことないんやで」

いかにもコウスケらしい発想。コウスケは一度来て、俺のバイトの休みの日も、ここまでの道順も覚えてしまったようだ。

「まあええけど。よう来たね」

「えっと、ほんまありがとう。兄貴に礼言うのは恥ずかしくて死にそうやけど、やっぱり、ありがとうしか言いようないし、言うとくわ」

コウスケはとてもまっすぐに頭を下げた。恥ずかしくて死にそうなのは勝手だけど、目の前で深々と礼をされて俺のほうが気持ち悪くて死にそうだった。

「別に俺に礼言うことなんかないやろ」

「そやけど、勉強見てくれたやろ」

「勉強? 何言うてんの?」

「兄貴が勉強見てくれたから、合格できたみたいなもんや」

「俺が勉強見るとかどういうことやねん」

しらばっくれる俺をほうって、コウスケは、

「っていうか、岡野って、俺ら兄弟の橋渡しみたいなことばっかさせられてるな」

と、しみじみ言った。

「橋渡し？」

「手紙書いたり、家庭教師させられたり」

「そういえば、気の毒やな」

俺もコウスケも同時に笑った。

「まあ、立ち話もなんやし、上がってや」

「ほんまや。兄貴なかなか部屋入れてくれへんから、こんな廊下で頭下げてしもうたわ」

「お前が勝手にやってきて、一人で大げさに頭下げるし、部屋に上げるタイミング逃したんや」

コウスケは、「邪魔するで～」と、陽気に部屋に上がりこむと、たくさん土産があるらしく紙袋の中の物を机の上に並べだした。

「ごっついようさんあるんやな」

「そうやで。みんなにいろいろ持たされてん。えっと、これは、兄貴が好きやった赤松さんとこのおはぎ。全然味変わってへんで。今日はきな粉のばっかおばちゃんが詰めてくれてん。で、こっちが戸村飯店特製餃子《ギョーザ》アンドシュウマイアンドチャーハン。たまにあの濃い味って食べたなるやろ？　で、このタッパーにお袋が作ったおかずがいろいろ入れてある。あ、すぐ冷蔵庫入れとけって。あとはなんやりんごに洗剤に洗濯ばさみに……。こんなんいらんのちゃう？　ってちゃんと言うたんやで」

「お前、まさかこれ持って新幹線乗ったん？」

俺は餃子のパックを手に取った。特製餃子は冷めているけど、においはしっかりする。さぞかし周りの客に嫌がられたことだろう。

「そやけど、兄貴食べたいやろ？」

「そやな。うん、ありがとう」

コウスケの土産で、狭い部屋は一気ににぎやかしくなった。いつ使いきるかわからない洗濯ばさみやらサランラップをしまい、かなり懐かしいお袋の手料理の数々を言われたとおり冷蔵庫に片付けると、おはぎを食べるため、俺は少し濃い目のお茶を入れた。

赤松さんのところのおはぎは、小さいころからよく食べた。あんこでくるんだもの、きな粉でくるんだもの、青海苔でくるんだもの三種類がセットで売られていて、俺とコウスケできな粉のおはぎを取り合った。今日は三個ともきな粉。そうやって注文すればよかったんだな。と、変なことに感心した。

「なんや不思議やな」

コウスケは、お茶を「渋いわ」と顔をしかめて飲んだ。

「何がや？」

俺は早速おはぎを口に入れた。相変わらずあんこがふんわり優しい甘さでおいしい。

「昔から兄貴のほうがかしこで、成績も良くて、ええ子やったやん。そやけど、兄貴が大学行かんと俺が行くって、なんかあべこべって言うか……。大学行かんから、兄貴があほやって言うてるんちゃうけど」

「成績はコウスケより良かったかもしれへんけど、俺、ええ子なんて言われたことあれへんで」

「よう言うわ。みんなヘイスケはお前と違ってかしこやって言うとったやん」

戸村飯店に集まるみんながそう言っていたのは、俺を褒めてたのでも、コウスケをけなしていたのでもない。単純で陽気なコウスケにあほやなあと愛着を持っていたのだ。

「俺がええのは要領だけや。ほんまはお前のほうが賢いねん。お前みたいなやつが、ほんまは賢い」

俺はたぶん、心の底からそう言った。

「どこがやねん。俺、めっちゃあほやん。まあ、あほやから大学行くんやけどな」

「大学生か……。大学生のコウスケって、想像できんな」

「やろ？　バイトして、勉強して、一人暮らしして。俺もちょっとは大人になるんかな」

他人事《ひとごと》のようにのんきに言いながら、コウスケは二個目のおはぎをほおばった。どんな大学でも「大学」っていうものは、やっぱり少しおしゃれというか、優雅というか、とにかくコウスケとはまったく逆の雰囲気を含んでいる。チャーハンも和菓子も同じ勢いで食べるコウスケを見ていると、どんな風に変わっていくのか少し楽しみになる。

「そうや！　今度いつ会うかわからんし、いつ必要になるかもわからんし、今渡しとくわ」

「何を？」

「何って、親父にもらった封筒」

俺はアパートの契約書とか貯金通帳とか大事なものが入っている引き出しから、茶封筒を出した。

「渡しとくって、どういうこと？」

「前言うたやん。コウスケ物入りになるし、大学行きながら一人暮らしってめっちゃ金かかるし、これ、足しにしたらええって」

「そんなん、兄貴がもらったもんやろう。俺、ようもらわんわ」

「遠慮すんなって。俺バイトしてるし、学校も行ってへんし、金が必要なことはないねん。学生になるんやから、お前のほうが絶対使う」

木曜日以外、毎日ＲＡＫＵでバイトをしているから、生活には困らない程度の収入がしっかりある。特にほしいものもしたいこともないから、さしあたってお金の必要性も感じない。

「そやけど、こんな大金もらわれへん」

「もらっとけって。必ず必要になるんやから。それに、俺、本気でいらんねん。とにかくお前の手元に置いとけ」

なかなか受け取ろうとしないコウスケに、俺は無理やり封筒を押し付けた。

「ほんまええの？」

「ええ。分厚さからして四、五十万は入ってるで」

「なんか悪いなって、これまっさらやん。兄貴、全然手つけてへんの？」

コウスケは封筒を手にして一通り見回した。

「今まで一度も必要にならへんかったし。それに、なんかこういうのって、開けたら終わりみたいなとこあるやろ」

「そういや、兄貴、昔からポテトチップとか開けたら一袋全部食ってしまうタイプやったもんな。って、これ実は開けてみたら全部千円札やったりしたら笑えるな」

コウスケは封筒を振りながら、笑った。

「っていうか、金じゃなくて戸村家家訓やったりしたら泣けるな」

俺も笑った。

「親父やったらあり得る。そや、開けてみような」

「今？」

「一応兄貴のものなんやし、兄貴も中身確認しとかな」

「そやな」

勝手に四、五十万円が入ってると思い込んでいたけど、中身は不明だ。親父が俺にいくら託したのか、何を託したのかは興味があった。

コウスケは封筒ののりを丁寧にはがした。俺たちはわくわくしながら、封筒の中身を取り出した。

「おお。やっぱ金やん」

「意外と親父太っ腹」

中身はちゃんとした一万円札だった。まっさらの新札五十枚が入っていた。そして、金だけではなく、真っ白な紙に書かれた手紙も入っていた。筆ペンで書かれた乱雑なでかい字の手紙。親父の書いたものだ。

「お前がこれを開けるのは、終わったときだろう。五十万くらいではどうしようもないようになったんだろう。帰って来い」

ただそれだけ書いてあった。勝手に俺のことを決めつけて書いた手紙。

でも、そのとおりだ。俺は端から封筒を開けるつもりはなかった。お金が底をついても、親父がくれた金に手をつけるくらいなら、アコムかアイフルに行ったほうがましだと思っていた。プライドとかではない。意地を張っているわけでもない。説明できないけど、親父が想像しているとおり、この封筒を開けるときは来ないはずだった。

「終わったときちゃうのにな」

コウスケが言った。

「そやな」

何も終わっていない。何も起きてもいない。お金が必要なときでもない。バイトも順調で、年上の恋人もいて、なんでも話せる友達もいる。俺はそこそこの生活をここで送っている。だけど、封筒を開けるときになっていたのかもしれない。コウスケに何かを受け渡さなければいけないときが来たのかもしれない。

「泊まってけばええのに」

そう言ったのに、コウスケは六時の新幹線には乗りたいとさっさと帰り支度を始めた。

「俺、甘えた人間やから、もうあと少ししかあそこにおれへんと思ったら、一日も無駄にしたないねん」

「そうなんや」

「親父と店できる日、お袋と過ごせる日、ついでに岡野と一緒におれる日。そんな日が四年間も遠のく思ったら、我慢できん」

「お前らしいな」

「でも、あれやで、兄貴と一緒にいれる時間も大事って思うで」

玄関先でコウスケが言い訳のように付け足すのに、俺は噴き出した。

「ええから気にせんと帰れや。ほんで、また気にせんといつでも来たらええ」

「ありがと。兄貴はいつもオープンやもんな」

「なんやそれ」

「俺、親父がようヘイスケを見習え言うの、昔はすげえ頭に来ててん。どこ見て何言うとるねんこの親父はって、親父はほんまなんもわかってへんって、腹立ってしゃあなかってん。でも、なんとなくやけど、今は意味がわかる」

コウスケの言葉に俺は驚いた。コウスケが腹を立てるのは当然だ。親父は本当に何を見ていたのだろう。いつも戸村飯店から逃げていた俺のどの部分を、コウスケに見習えと言っていたのだろう。いったい俺の何を認めていたのだろうか。

「よし、ほんまそろそろ行くわ。じゃあな、兄貴」

「ああ、またな」

不可解なままの俺に、コウスケは大きく手を振った。

意気揚々と大阪に帰って行くコウスケは、何日か後には、意気揚々と大阪を出発する。

コウスケには向かう場所がある。そして、帰る場所もある。

4

「ほらほら、ここから見ると透けて下が見えるんだよ」

「ほんまや」

ガラス張りの床の上に立つと鳥肌が立った。高所恐怖症だと自覚したことはなかったけど、ぞっとする。やっぱり東京タワーはでかい。

「平日でも混んでるね」

「春休みやからなあ」

東京タワーの展望台は、学生らしき人や家族連れでいっぱいだった。小さな子どもたちがあちこちと行きかって、動くのにも苦労した。

「あ、あれ。せっかくだから見ようよ」

「そんなん、ちょっと大き見えるだけやん」

「いいじゃん。こういうの見る機会って滅多にないでしょう」

アリさんは双眼鏡まで俺の手を取って進んだ。アリさんはいつもより少しテンションが高くて、それが嬉しいような痛々しいような複雑な心地がして落ち着かなかった。

「あの辺が花園クリエータースクールがあるとこかな」

「ほんまや。俺のアパートは……あった。これや」

「まさか。それって、都庁だよ」

俺たちは交互に双眼鏡を眺めた。東京タワーから見下ろす景色。どれも春のふわふわした空気で白く煙っていて、ぼんやりしていた。昔修学旅行で来たときとは、全然違って見える。あのときはもっと単純に東京ってすごいなと楽しんでいた。

「やっぱ、通天閣とはちゃうわ」

東京タワーから出て駅に向かう。こんなに人が集まるのに、タワーの周りは案外何もない。

「そうなの？」

「通天閣は周りがもっとごたごたしてるねん」

「ごたごた？」

「なんていうか、ちょっとガラ悪いし、なかなか女の子と二人で歩きたいという雰囲気ちゃうんよ。来たらちょっと驚くで」

「来たら驚くって、連れて行ってはくれないの？」

「まあ、機会があれば」

「そういうときはその気がなくても適当に、今度一緒に行こうって言うのが鉄則だよ」

「そっか。そやな。気をつけるわ」

「さ、次々。今日は行かなきゃいけないところたくさんあるんだから」

四月最初の木曜日の東京ツアー。ややこしい地下鉄の路線図を見上げ、混んだ電車に揺られる。人に押し出されながら改札を出て空が見えると、ほっとする。どこへ行ってもやっぱりしっかり東京。外の風は生ぬるくてちっとも新鮮じゃない。それでも、ギリギリ十代の俺は、やっぱり一月より四月がスタートっていう気がする。

「ゲロみたい」

昼食にそばを食べたのに、俺たちは今度はもんじゃ焼きに挑戦した。いかにも東京って物を食べつくそうというアリさんのアイデアだけど、もんじゃはいただけない。どう謙虚になってみても、お好み焼きにはかなわない。何年東京に住んだとしても、この食べ物には慣れないだろう。

「初めて食べる人は必ず言うね」

「東京の人って、見た目とか大事にしてそうやのに、なんでこんなゲロ焼きを食うんかわからへんわ」

「ゲロだと思うから、そう見えるだけだよ。ジューシーなお好み焼きって思えばいいじゃない」

アリさんは小さなコテで上手にもんじゃ焼きを口に運んだ。

「ジューシーなお好み焼きとか、全然ちゃうし。これで千二百円なんてありえへんよ。本場のお好み焼きを食べさせたいわ。うちの近所の店なんか三百円やのにめっちゃうまいんやで。山芋入ってるからふんわりしてるし、キャベツもたっぷりやから胃にもたれなくていくらでも食べれる」

「へえ。それはかなりお得だね」

「そう。うちの周りにはお得な店がいっぱいある」

しゃれた店は一軒もないけど、適当に入った店が普通においしい。大げさじゃない構えの店に入ればそうそうぼったくられることはない。あそこはそんな町だ。東京にはおしゃれな店もおいしい店もたくさんある。だけど、うっかり入るとありえないくらい濃いだしのうどんにあたってしまう。きちんとメニューを見ないと、なぜこんな値段になるんだと発狂したくなるプチぼったくりが日常に転がっている。俺はもっと気楽に普通においしいものを食べたい。

「おいしくなくても、こういうのもおもしろいでしょう？」

「そやね。恋人とか友達と来ると、もんじゃ焼きも楽しめるね」

俺はどろどろの液体を少しでも固めようと必死に鉄板に押し付けた。

「恋人とか友達？」

「うん。だから今日は楽しいよ」

そうだ。目の前の人にもっと優しくしなきゃ。そういうことが得意だったはずなのに、アリさんを好きなはずなのに、最近そういう大事なことがぬかっている。俺はにっこり笑って、おいしくもないもんじゃ焼きを口に入れた。

国会議事堂と皇居をさらりと見終えた俺たちは、みたらし団子を食べながら上野公園を歩いた。桜は十分満開で、もうすぐ夕方を迎えようとしている公園をにぎやかにしていた。

「今日は歩いて食べてばっかりや。もう歩いても歩いてもおなかすかなくなってしまった」

「仕方ないよ。移動して食べる。それこそ観光だから」

「観光って、実は厳しいんやなあ」

「でも、短時間で東京がわかったでしょう?」

「そや。アリさんのおかげでいかにも東京ってのを満喫できた」

「今時、修学旅行でもお台場とか六本木ヒルズとか、もっとおしゃれなところに行くのにね」

アリさんはふふふと笑った。

「ほんまに楽しかったで。よっぽどのことがない限り国会なんて行けへんし」

「だったら良かった」

ふんわりした風にまだまだこれから濃くなっていく葉。少しずつ傾く日差しを受けて、道のほとりがしっとりと陰を作り始める。桜だけじゃなく、春の息吹があちこちにある。カチカチのアスファルトだらけだと思っていた東京はきちんと季節を示している。あの町は春夏秋冬ひたすら騒々しかった。ぶらぶら歩くのには、東京は、あの町よりもずっと心地よい。

「東京は意外と緑が多い。初めて来たときもそう思った」

「そうなんだ」

「それだけは感心する」

「えらそうだね」

アリさんはくすくす笑った。

団子のたれがついてベタベタになった手をどうしたものかと空に浮かせてみたけど、結局二人ともベタベタだからいっかと手をつないで駅まで歩いた。春のぼやけた夕日は落ち始めると加速して、一日が終わってしまうことをわかりやすく告げていた。

もうどれだけ移動してもおなかがすかないと判断した俺たちは、「戸村君にとってのザ・東京でしょう?」というアリさんの提案で東京ばな奈を買って、俺の部屋へと帰った。二人とも疲れていて、シャワーを浴びる元気もなく、布団の上で寝転がりながら、東京ばな奈を食べた。

「考えてみたら、俺、東京ばな奈食べるの初めて」

「いつも送ってるのに？」

「それが自分では食べたことないねん。でも、めっちゃおいしいわ。東京ってバナナが名物って知らんかった」

「バナナは名物じゃないよ。バナナはフィリピン産じゃないの？」

アリさんが足元でくちゃくちゃになっていた肌布団を引き上げた。夜はまだ肌寒い。

「え〜、東京ばな奈やのに⁉」

「驚くところじゃないでしょう」

「じゃあ、何が東京なん」

「こういうこと考えるところが東京なのよ。きっと」

「なるほど。バナナは育ってなくても、東京はほんまなんでもあるんやなあ」

二つ目の東京ばな奈を食べ終えると、俺も布団の中にもぐった。

「東京東京って、大阪だって十分都会じゃない」

「そうなんかな」

「新幹線で二時間半のところがそんなに変わるわけないよ」

「そうやな」

俺も東京に来る前は、そう思っていた。東京だとか、大阪だとか言ってるやつってあほやなあ。どっちも似たりよったりやのにと思っていた。だけど、そうだろうか。もちろん大阪にもおしゃれなスイーツがある。カフェだって、雑貨屋だってある。だけど、違う。通天閣と東京タワーが違うように、大阪城と皇居が違うように、お好み焼きともんじゃ焼きが違うように、根本的に何かが違う。

「シャワー浴びて、歯磨かなくちゃ」

アリさんが動こうとしないままで言った。時計はまだ十時過ぎだけど、俺たちは眠る態勢になってしまっている。

「そやなあ。シャワーはいいにしても、虫歯になるのはいややなあ」

「でも、今洗面所へ向かうのもすごく面倒だね」

「たくさん歩いたもんな」

「着替えもしたいし、シャワーも浴びたいのに」

「あーあー、誰か代わりに歯磨いて体洗ってくれへんかなあ」

「そりゃ無理でしょ」

どうせこのまま寝ても朝方には目が覚めるから、そのときにシャワー浴びて歯も磨こうという結論を出して、俺たちは動くのをやめにした。ゆっくりしたのんきな夜だ。こんな風にだらしない一日の終わりもいい。だらだら愛し合ってぼんやりと起きて、ちょっとだるい体でバイトに行く。そういうのも嫌いではない。

甘いバナナのにおいがするアリさんの唇にキスをしようとして、俺は動きを止めた。さっきからつけっぱなしだったラジオから流れる曲に引きつけられた。

初めて聴く曲。なのに、どこかで聞いたことがある気がした。すごく懐かしい感じがした。今流行の曲とはちょっと違う雑なメロディに、単純明快な歌詞。リズムもシンプルで、ちっとも澄んでいない太いまっすぐな歌声。何を訴えている曲なのかはよくわからない。だけど、俺の心に入ってくる歌。心がじんとなる歌。無性にかき乱されるような歌。

ウルフルズの新曲だと、ＤＪは紹介した。ウルフルズなんて今までちゃんと聞いたことがなかったのに、なるほどと思った。歌詞は関西弁なわけではない。でも、このまんまな歌。ストレートで何も手を加えてなさそうで、深くて熱い歌。心に率直に入ってくる歌。これは関西の人が作った歌だ。関西の人が歌う歌だ。そう思った。そして、それがわかったら苦しくなった。

どうしてたまたま聞こえてきた曲に、こんな気持ちにさせられなくちゃいけないんだろう。ふと流れてきた歌声に、こんな風になってしまうのだろう。十九歳にして生まれて初めて抱いた感情。さっさと消してしまおうと思うのに、どんどんこみ上げてちっとも止まらない情けない気持ち。きっと夜だからだ。今日一日いかにも東京っていうものを見たからだ。ちょっと疲れてるだけだ。そう、大丈夫。さっきまでゆったりした夜を過ごそうとしていたじゃないか。そうやってごまかそうとしても全然うまくいかなかった。

認めたくないけど、どうしようもなかった。情けなくて格好悪いけど、仕方なかった。東京タワーじゃだめなんだ。もんじゃ焼きも東京ばな奈も食べたくない。ちきしょう、家に帰りたい。どんなに合わなくても、あの場所に帰りたい。恥ずかしいけど、寂しくてたまらない。

途方のない心地に、思わずしっかりアリさんを抱きしめた。そうしてないと、心がどんどんおかしな感情で埋《うずめ》られそうだった。アリさんと触れ合っている部分だけ温かくなって、少しだけ安心できた。誰かに触れていると、寂しさや不安や情けなさは軽減する。そんな簡単なことに今更気づいて、俺は今まで人を好きになったことがなかったのだろうかと疑問に思ったりした。寂しい気持ちに傾きそうになるのを避けたくて、ただただアリさんを抱きしめた。

「どうしたの？」

アリさんは俺の腕の中にすっぽり埋まりながら、俺の顔を見上げた。答えられないでいると、アリさんは窮屈そうに俺の腕の中から右手を出してきて俺の頭に触れた。

「春休みの終わりってすごくやだね」

アリさんは俺の前髪をなでながら言った。髪の毛だったとしても、触られた場所はちゃんと温かくなっていく。

「うん」

「仕事がそんなに負担ってわけじゃないし、楽しいこともちゃんとあるのに、休みの終わりはどんよりしちゃう」

「そうやね」

「明日が来ないと困るのに、また明日が来るのかと思うと気が重い」

「ほんまに」

「もっとずっと一緒にいたいのに」

「へ?」

「もっとずっと一緒にいられたらいいのにね」

春休みじゃなくたって、アリさんとはしょっちゅう会える。春休みなんて、あんまり俺たちには関係ない。アリさんがここに泊まることだって珍しいことじゃない。「それなのに、どうしてそんなこと言うの?」と言えばいいのに、そう言うべきなのに、俺は「ごめんな」って言っていた。

俺よりずっと大人のアリさんは、

「謝ることじゃないのに」

と、笑った。

5

「なんかすみません」

俺はただただ頭を下げた。

「謝ることなの?」

品村さんは、まったく気分を害さず微笑んで首をかしげた。

「だって、唐突やし、よくしてもらったのに」

「来たときはもっと唐突だったよ。しかも、履歴書デタラメでさ」

「そうでしたっけ?」

そう言えばそうだった。思い出そうとしないと思い出せないくらい、ここでの日々が日常になっていた。

「今週いっぱいは来てくれるんだろう?」

「ああ、まあ、金曜日までは」

今週の土曜日に大阪に帰る。驚くほどささいなきっかけで、「帰る」という予想もしてなかった選択肢に向かって俺の心は動いてしまっていた。自分が気づかなかっただけでどこかでそうなるべく動いていたのか、音楽に想像以上の威力があるのか、よくわからない。だけど、動き始めたら決心はいともたやすく固まった。決まった後は事務的に動くだけだった。水道ガス電気の停止。アパートの解約。荷物の整理。形式的な手続きはするするこなされた。

「よし、じゃあ、その間に新しいメニューを一つ作ろうよ」

品村さんはとても前向きなことを言い出した。

「そうですね。それもええですけど、まずはバイトを募集しましょう」

俺は昨日の晩、せっせと作ったバイト募集の広告を見せた。マジックでイラストまで描いた力作だ。

「そんなの焦らなくてもいいじゃないか。またゆっくり募集すれば」

のんきな品村さんは言った。

「焦らないとだめですよ。マキちゃんと容子ちゃんはホールだし、厨房をしてくれる人間を探さないと。二人が一人になるんですよ。客をさばくのが大変です」

「大丈夫だよ。戸村君目当てで来てたお客さんが減るから、一人で十分」

「お客さんが減ることを予測してどうするんですか」

品村さんの反応は想像できた。俺がいる間に次のバイトを探すなんてできない人だ。だからこそ、俺が見つけなくちゃいけない。

「今は春休みやから、一番バイトを探しやすいときです。ええ人材が来てくれるはずです。それに、タイミングを逃すとなかなか見つからなくなりますよ」

「慌ただしいなあ」

「我慢してください。俺もちょっと引継ぎとかしておきたいですから」

「なんか仕切るね。戸村君」

「立つ鳥跡を濁さずっすよ」

俺の広告のおかげか、バイトは二日で見つかった。新しく来たのは、本田君という短く髪を刈ったはつらつとした大学生で、今まで洋食屋とうどん屋でバイトをしていたらしい。

引継ぎしなくてはと意気込んでいたけど、本田君は俺よりよっぽどいろいろ知っていた。初日から手際よく動き、嫌な顔一つせず雑用も素早くこなした。品村さんの求めていることもお客さんへの接し方もすぐにつかんでいた。あまりの飲み込みの早さに嫉妬《しっと》してしまいそうになった。でも、

「この店のことは戸村君のほうが知ってるんだし、どんどん教えてくれな」

と、本田君は年下の俺に素直に頭を下げた。

人間的にもでかい。結局、俺よりすごいやつがごろごろいるのだ。

バイト最終日。早朝からＲＡＫＵに行って、窓ガラスやテーブルや床、とにかく店の

全てを磨いた。一つ一つきれいにしていく度に、終わりが確実になっていった。

ここでのバイトは負担がゼロだった。どんなことにも負担はつき物なのに、ここでは気の重くなることが皆無だった。もちろん、忙しくて目が回りそうなこともあったし、やっかいだなあと思う客もいた。だけど、ここで働くことになんのストレスもなかった。朝起きたら、「よし、RAKUへ行くか」と、すんなり思えた。それは、俺自身が品村さんを信用していて、同じように品村さんに信用されているのを感じることができていたからだ。それが何よりの安心感を与えてくれた。一緒にいる人に、共に働く人に、認められていると思えるのはとてもとても貴重なことだ。

開店二時間前に、

「なんだか胸騒ぎがしてしまった」

と、品村さんがやってきた。

「胸騒ぎって？」

「戸村君がこういうことするだろうってさ」

品村さんは腕まくりをすると、俺の横で同じようにガスレンジを擦《こす》り始めた。

「品村さんは俺のことよくわかってるんですね」

「わかってるよ。わかってるから、無理が言えない」

「無理？」

「無理っていうか……。戸村君だって、僕のことよくわかってるくせに」

「そうですね。わかってます。わかってるのに、わがままを言ってしまった」

口調をまねると、品村さんは頼りなく笑った。俺は品村さんを困らせてしまっているのだろうか。そんなことはない。新しく来た本田君はすぐに俺を超える。そして、また同じように、いやそれ以上の店を作っていける。

「焦げ付きを取るのは意外と大変だな。毎晩もっとまじめに掃除しなくちゃな」

「本田君への引継ぎ事項にメモしておきます。店中のものを毎日徹夜で磨けって」

「戸村君はしてなかったくせに？　ひどいな」

品村さんはまた細く笑った。

「ええ、立つ鳥後は任すですから」

「結局新しいメニュー考えられなかったね。戸村君がいる間にって思ってたのに」

「本田君と考えたらいいですよ。あの人、洋食屋もうどん屋も経験しているから、いいアイデア出してくれますよ」

「そうかな」

「そうです。本田君はやります」

「変なことに自信があるんだね。戸村君は」

「ええ。俺は他人のことほど自信があるんです」

俺は無責任なことを言いまくって、ただただ焦げ付きを擦った。

「さよならは、どうがんばったってつらい」

五十を目前にした品村さんは、ぼそりと言った。


東京最終日の夜。バイトを早く切り上げて、初めてデートした店でアリさんと春野菜満載の玄米ピラフを食べた。初めて来たときもこんな感じのものを二人で食べた。味つけも同じようだった。だけど、メニューのコンセプトはロハスからマクロビに変わっていた。あれだけ覚えなくちゃと思っていたロハスの時代は、いつの間にか終わっていた。おしゃれな食べ物の世界にはどんどん新しいものがやってくる。一年はとても大きい。一年とちょっと。あそこは変わっているだろうか。少しは油を控えめにしたり、野菜の生産地にこだわったり、無菌豚を使ったり。それぐらいの心配りはしているのだろうか。いや、絶対ないな。何一つ変わっていない。変わらないことは良いことだ。でも、あそこにもほんの少し風を入れてみたい。もちろん、そうするには、もっといるべき場所で修業をしなくちゃいけないけど。

「東京に来てよかった？」

「ああ、まあ、うん」

アリさんはたまたまなのか、初めてデートしたときと同じ服を着ていた。そのことに触れるのがいいのかどうかわからなくて、俺はただ淡い水色のカーデガンを眺めていた。

「どうしてわざわざ戸村君東京を選んだんだろうね」

「わざわざって？」

「別に東京じゃなくてもよかったのに。名古屋とかでも。そのほうが近いでしょう？」

家を出ることに、必死になりすぎて何も見えてなかった。だけど、東京だったから、古嶋やアリさんや品村さんと出会ったから、今、ほんの少しだけ行き先が見えてきた。

そう言おうと思ったけど、なんだかうそっぽいからやめにした。

「俺、ういろう嫌いやから名古屋はあかんわ。身体も硬いからシャチホコとも反りが合わなさそうやし」

「別にういろうなんて食べなくてもいいじゃない」

アリさんがやっと少し笑ってくれた。

「なんかやっぱり、戸村君、一年で大きくなった気がするよ」

「最近身長測ってへんからそれはわからへんけど。そやけど、専門学校生やったのが知らん間にニートになってもうた」

「ニートじゃないでしょう？　一応バイトしてるんだから、フリーターなんじゃないの？」

「そっか、ぎりぎりセーフ」

俺も少し笑ってみた。そんな俺を「仕方ないね」って感じで、アリさんがまた笑う。何回も何回も俺たちはこんな風に時間を過ごしてきた。

「一年も俺、すげえ無駄に過ごしたな」

「生涯のうち、そんな一年あるわよ。私も、二十五歳のとき、前の仕事辞めて半年ぐらい、旅行しまくったよ」

「初めて聞いた。そんな話」

「うん、初めて話した」

「一年も付き合っとったのに？」

「一年半に突入したら、話す予定だったのよ」

「そっか。あと少しで聞けたんや。そやけど、俺は何も始めてもないときから、一年を費やしてもうた」

「この先、どっと働くことになるからいいじゃない。それに無駄じゃなかったでしょう？」

「そやね、たぶん」

無駄だったかどうかはわからない。それに、ここでの一年どころか、俺はもっとずっと長い間、何も考えず何も決めずいい加減に過ごしてきた。無駄にした日を取り戻すためにも、そんな日も無駄じゃなかったと示すためにも、これから必死で身体動かして働いていかなくちゃいけない。

「さよならってことなんだよね」

アリさんが確認した。

「ごめんなさい」

どう言うべきか本当にわからなくて、小さい子どもみたいにそのまんま謝るしかできなかった。

「いつか帰るんだとは思ってたけどね」

「そう？」

「戸村君ベースがまじめだから、本当だったら、こんな感じで年上の女と付き合ったりしないでしょう？」

「そんなことないで」

「きっとどこかで踏んでたんだよ。一年か二年。ずっとここにいるわけじゃないんだから、本気にならない程度の恋愛にしておこうって」

決してそんなことはない。一年前の俺は、自分があの場所に帰るなんてまったく思っていなかった。アリさんのことを適当に思ったことなんて一度もない。だけど、遊ばれているのかもと思っても焦らなかったのも、もっともっと俺のものにしたいって思えなかったのも、本当だ。

「今度さ、戸村飯店を取材させてよ」

アリさんはにっこりと笑った。

「どうやろう。あの店は、もう十分やけど」

「そうなの？」

「うん。あの町に住んでる人に振舞うだけで手一杯やわ」

「そうなんだ」

「それに、頑固親父がいるで」

「そりゃいやだね。じゃあ、やめとこ」

アリさんはそう言って、話を切り上げた。こういうアリさんのスカッとしたところ、ちゃんと愛してた。

生まれて初めてほんの少し先が見えた。ようやくほんの少し進む方向がわかった。それなのに、どうしてこんなに悲しいのだろうか。どうして爽《さわ》やかな心地にならないのだろうか。たった一年間の生活に区切りをつけるだけだ。それなのに、大阪を出たときのような解放感も、新たな気持ちも今の俺にはなかった。

6

やっぱり「出発」と「帰る」のとは違う。出ることを頭に置きながら住んでいた家。早く抜け出したいと願っていた町。自分一人で決めてさっさと脱出した場所。そこへ戻るのだ。

親父やお袋はどう思うだろうか。どんな顔してあの町へ入っていこうか。考えれば考えるほど、気分は重い。自分の家に帰るのだ。普通にすればいい。ちょっと一年いなかっただけ。何も深く考えることはない。そう言い聞かせても妙な緊張は解けなかった。どっぷり四月の東京駅は、何もかも春めきだって騒々しく、落ち着かない気持ちはなおさらざわざわした。

古嶋は何度も何度もメールで出発時間を確認して、駅まで来てくれた。俺より早く駅に着いて、改札でそわそわしながら待っていてくれた。

「なんか、悪いな」

「どうして？　何一つ悪いことないっしょ」

古嶋は俺の荷物を持って、先を歩いた。

「よし、十三号車だからここだな」

「うまく言えないけど、とりあえず今までありがとう」

母親のように俺を列に並ばせて、荷物をしっかりと持たせると古嶋は頭を下げた。

「ああ」

「いや、それは俺の台詞や。古嶋にはめっちゃ感謝してるんやで」

「やめろよ。照れるじゃないか」

「ほんまに思ってるからしゃあない。古嶋が東京にいて本気でよかった」

「ありがとう。帰っても絶対がんばれよ。ヘイスケ」

「ああ、わかっとる」

「ヘイスケは人を喜ばせるの得意だから、どんな店でもうまくいく」

「ありがとう」

「ヘイスケ、東京でちょっと垢抜《あかぬ》けたから、絶対大阪でモテまくるよ」

古嶋は次々に俺を励ました。

「そりゃ、ラッキーやな」

「それにヘイスケたくましくなったし、絶対親父さんにも認めてもらえる」

「親父に？」

「そう。って、ヘイスケ新幹線が来た！　どうしよう、本当にお前いなくなるじゃん」

「ほんまや。古嶋、いろいろありがとうな」

俺は古嶋の手を取ってしっかりと握手をした。

「ああ、ありがとう。マジで元気でいろよ」

「古嶋こそ、元気でな」

「そんな、俺……。どうしよう、やばいわ」

驚いたことに古嶋は本気でおいおい泣き始めた。一気に鼻水も涙も垂らしながら、「寂しくなる」と、しゃくりあげた。俺も「あほやなあ」と言いながら、少し泣けてきた。

東京に行くとき、俺の友達は誰も泣かなかった。「また帰ってきたら遊ぼうや」とか、「元気でがんばれや」とか、たくさんの言葉はもらった。お袋は目を赤くしていたけど、涙をこぼして泣きはしなかった。べったりした身内根性。そういうのが嫌いだった。関西の「連れだから大事にする」っていう発想は苦手だった。でも、古嶋は紛れもなく俺の連れだ。

「古嶋、ようさん連れおるで、大丈夫や」

「何人連れがいても、ヘイスケがいなくなることには変わりないっしょ」

「そりゃそうやけど。電話でもメールでも手紙でもなんでもするやん」

「ああ、本当に。絶対に忘れんなよ」

「ありがとう。古嶋も」

「おう」

俺たちは最後にもう一度、痛いくらい手を握り合った。

どうして俺はこんなに悲しい決断をしたのだろう。恋人、親友、信用できる先輩。その全てに一気に別れを告げた。

新幹線が動き出すと、ベタにも古嶋は追いかけてきた。俺の名前を叫びながら、ホームを全速力で顔をゆがめて走ってきた。ホームの端まで、人を縫って必死で新幹線についてきた。圧倒的に速い。ホームで立っている人も、新幹線の中の人も古嶋に注目している。ホームを走るやつなんてドラマでしか見たことない。っていうか、ドラマの中の人もここまで速く走らないだろう。

俺もいつか、こんな風に走ろう。駅のホームはちょっと抵抗あるけど、コーラ飲んでようが、横っ腹痛かろうが、気にせず全速力で走れる男になりたい。

*

店の前に立つ。ガラにもなく足が震えている。一つ深呼吸をしてみる。それでも、震えはおさまらない。目を閉じるとくらくらした。

知らず知らず土曜日の昼飯時を選んだのは、そのほうが味方が多い気がしたからだろうか。俺が苦手だった人たち。でも、あの人たちがいるこの場所はアウェイじゃない。俺のホームだ。

「よっしゃ」小さな掛け声をかけ、ガラガラとドアを開ける。ラーメンやチャーハンのもあっとした空気が広がる。油やスープのしつこいにおい。ちっとも洗練されていない食事のにおい。いるいる。広瀬のおっさんも、竹下の兄ちゃんも、山田のじいちゃんも。みんな俺の顔を見て、固まっている。親父の手も止まっていた。

さらに大きく息を吸い込んだ。小さいころ練習したあの台詞を言うときがついに来た。あのときはうけなかったけど、今日はうける。ギャグはタイミングが大事なのだ。使うべきときに使わないからうけないのだ。アクセントは出だしに、正しい姿勢で語尾までしっかり言い切る。頭でもう一度復習をして、俺は口を開いた。

「ごめんください。どなたですか？　戸村飯店の長男、戸村ヘイスケです。長い間、勝手して迷惑かけました。ほんま、すんません。お帰りなさい。ありがとう」

沈黙が流れる。最初にこのギャグを言ったときと同じ反応。でも、すべったわけではない。しばらくすると、竹下の兄ちゃんが、「なんやそれー」と、おおげさにずっこけてくれた。広瀬のおっさんが、「笑かすやっちゃ。何が、ごめんくださいや。あほなこと言うてんと、はよ入って来い」と、俺の腕を引っ張った。

吉本新喜劇のすばらしいところ。何年も前のギャグが今でも笑える。戸村飯店に集まる人のすばらしいところ。どれだけ勝手して離れていても、昔のまま迎えてくれる。

「なんや、勉強もせんと東京でものまね覚えて来たんか」

親父は渋い顔のまま言った。

「ちゃうわ」

「ほんでお前、小説のひとつでも書いたんか。本屋でもお前の名前なんか見たことない」

「いや、小説はひとつも書けへん。でも、俺、」

「なんや」

「そんかわり、料理できるようになったで」

親父は黙って俺の顔をじっと見た。そして、

「そやったら、ぼーっとしてんと荷物片付けて、はよ手伝え。見とったら忙しいのわかるやろ」

と、怒鳴った。

「おう」

俺は荷物を置くと、腕まくりをした。

単行本　二〇〇八年三月　理論社刊
JASRAC　出1114204-101

文春文庫

戸《と》村《むら》飯店《はんてん》 青《せい》春《しゅん》100連発《れんぱつ》

定価はカバーに表示してあります

2012年1月10日　第1刷
2019年4月15日　第5刷

著　者　瀬《せ》尾《お》まいこ
発行者　花田朋子
発行所　株式会社 文藝春秋

東京都千代田区紀尾井町 3-23　〒102-8008
TEL 03・3265・1211㈹
文藝春秋ホームページ　http://www.bunshun.co.jp

落丁、乱丁本は、お手数ですが小社製作部宛お送り下さい。送料小社負担でお取替致します。

印刷・凸版印刷　製本・加藤製本
Printed in Japan
ISBN978-4-16-776802-7

（　）内は解説者。品切の節はご容赦下さい。

そこへ届くのは僕たちの声
小路幸也
多発する奇妙な誘拐事件と、不思議な能力を持つ者がいるという噂。謎を追ううちにいきついた存在「ハヤブサ」とはいったいなんなのか。優しき心をもつ子供たちを描く感動ファンタジー。
し-52-4

強運の持ち主
瀬尾まいこ
元OLが〝ルイーズ吉田〟という名の占い師に転身！　ショッピングセンターの片隅で、小学生から大人まで、悩める背中をちょっとだけ押してくれる。ほっこり気分になる連作短篇。
せ-8-1

戸村飯店　青春100連発
瀬尾まいこ
大阪下町の中華料理店で育った兄弟は見た目も違えば性格も全く違う。人生の岐路にたつ二人が東京と大阪で自分を見つめ直す。温かな笑いに満ちた坪田譲治文学賞受賞の傑作青春小説。
せ-8-2

幽霊人命救助隊
高野和明
神様から天国行きを条件に、自殺志願者百人の命を救えと命令された男女四人の幽霊たち。地上に戻った彼らが繰り広げる怒濤の救助作戦。タイムリミット迄あと四十九日——。（養老孟司）
た-65-1

炎の経営者
高杉　良
戦時中の大阪で町工場を興し、財界重鎮を口説き、旧満鉄技術者をスカウトするなど、持ち前の大胆さと粘り腰で世界的な石油化学工業会社を築いた伝説の経営者を描く実名経済小説。
た-72-1

広報室沈黙す
高杉　良
世紀火災海上保険の内部極秘資料が経済誌にスクープされた。対応に追われた広報課長の木戸は、社内の派閥抗争に巻き込まれながら、中間管理職としての生き方に悩む。（島谷泰彦）
た-72-2

勁草の人　中山素平
高杉　良
日本興業銀行頭取・会長などを歴任、戦後の経済を、そして国を支えた「財界の鞍馬天狗」。時代を画する案件の向こうには必ず彼がいた。勁く温かいリーダーを描く。（加藤正文）
た-72-4

（　）内は解説者　品切の節はご容赦下さい

高杉　良
辞令
大手メーカー宣伝部副部長の広岡修平に、突然身に覚えのない左遷辞令が下る。背後に蠢く陰謀の影。敵は同期か、茶坊主幹部か、それとも……。広岡の戦いが始まる！　（加藤正文）
た-72-5

筒井康隆
壊れかた指南
猫が、タヌキが、妻が、編集者が壊れ続ける！　ラストが絶対読めない、天才作家の悪魔的なストーリーテリングが堪能できる短篇集。　（福田和也）
つ-1-15

筒井康隆
繁栄の昭和
迷宮殺人の現場にいた小人、人工臓器を体内に入れた科学探偵、ツツイヤスタカを想起させる俳優兼作家……。奇想あふれる妖しげな世界！　文壇のマエストロ、最新短篇集。　（松浦寿輝）
つ-1-18

辻原　登
遊動亭円木
真打ちを目前に盲《もう》となった噺家の円木、池にはまって死んだはずが……。うつつと幻、おかしみと残酷さが交差する、軽妙で冷やりと怖い傑作人情噺十篇。谷崎潤一郎賞受賞。　（堀江敏幸）
つ-8-4

辻　仁成
ＴＯＫＹＯデシベル
騒音測定人、テレクラ嬢、レコード会社ディレクター……都会に潜む音・声、そして愛を追い求める人々。音をモチーフに、都市をさまよう青年の真情を描破した辻仁成・音の三部作完結。

つ-12-4

辻　仁成
永遠者
19世紀末パリ、若き日本人外交官コウヤは踊り子カミーユと激しい恋に落ちる。〈儀式〉を経て永遠の命を手にいれた二人は激動の歴史の渦に呑み込まれていく。渾身の長篇。　（野崎　歓）
つ-12-7

辻村深月
水底フェスタ
彼女は復讐のために村に帰って来た——過疎の村に帰郷した女優・由貴美。彼女との恋に溺れた少年は彼女の企みに引きずり込まれる。待ち受ける破滅を予感しながら…。　（千街晶之）
つ-18-2

（　）内は解説者。品切の節はご容赦下さい。

辻村深月
鍵のない夢を見る
どこにでもある町に住む女たち――盗癖のある母を持つ娘、婚期を逃した女の焦り、育児に悩む若い母親……私たちの心にさしこむ影と、ひと筋の希望の光を描く短編集。直木賞受賞作。
つ-18-3

津原泰水
たまさか人形堂それから
マーカーの汚れがついたリカちゃん人形はもとに戻る？　髪が伸びる市松人形？　盲目のコレクターが持ち込んだ人形の真贋は？　人形と人間の不思議を円熟の筆で描くシリーズ第二弾。
つ-19-2

堂場瞬一
虚報
有名教授が主宰するサイトとの関連が疑われる連続自殺事件。それを追う新聞記者がはまった思わぬ陥穽。新聞報道の最前線を活写した怒濤のエンターテインメント長編。（青木千恵）
と-24-4

中島らも
永遠《とわ》も半《なか》ばを過ぎて
ユーレイが小説を書いた？　三流詐欺師が写植技師と組み出版社に持ち込んだ謎の原稿。名作の誕生だ。これが文壇の大事件となって……。輪舞する喜劇。痛快らもワールド！（山内圭哉）
な-35-1

中島京子
小さいおうち
昭和初期の東京、女中タキは美しい奥様を心から慕う。戦争の影が濃くなる中での家庭の風景や人々の心情。回想録に秘めた思いと意外な結末が胸を衝く、直木賞受賞作。（対談・船曳由美）
な-68-1

中島京子
のろのろ歩け
台北、北京、上海。ふとした縁で航空券を手にし、忘れられぬ旅の光景を心に刻みこまれる三人の女たち。人生のターニングポイントにたつ彼女らをユーモア溢れる筆致で描く。（酒井充子）
な-68-2

七月隆文
天使は奇跡を希《こいねが》う
良史の通う今治の高校にある日、本物の天使が転校してきた。正体を知った彼は幼馴染たちと彼女を天国へかえそうとするが。天使の嘘を知った時、真実の物語が始まる。文庫オリジナル。
な-75-1

（　）内は解説者。品切の節はご容赦下さい

額賀 澪
屋上のウインドノーツ
引っ込み思案の志音は、屋上で吹奏楽部の部長・大志と出会い、人と共に演奏する喜びを知る。目指すは「東日本大会」出場！圧倒的熱さで駆け抜ける物語。松本清張賞受賞作。（オザワ部長）
ぬ-2-1

乃南アサ
新釈 にっぽん昔話
大人も子どもも楽しめる、ユニークな昔話の誕生です。「さるかに合戦」「花咲かじじい」など、誰もが知る六つのお話が、誰も読んだことのない極上のエンタテインメントに大変身！
の-7-11

林 真理子
最終便に間に合えば
新進のフラワーデザイナーとして訪れた旅先で、7年ぶりに再会した昔の男。冷めた大人の孤独と狡猾さがお互いを探り合う会話に満ちた、直木賞受賞作を含むあざやかな傑作短編集。
は-3-38

林 真理子
下流の宴
中流家庭の主婦・由美子の悩みは、高校中退した息子が連れてきた下品な娘。「うちは〝下流〟になるの!?」現代の格差と人間模様を赤裸々に描ききった傑作長編。（桐野夏生）
は-3-39

林 真理子
最高のオバハン
中島ハルコの恋愛相談室
中島ハルコ、52歳。金持ちなのにドケチで口の悪さは天下一品。嫌われても仕方がないほど自分勝手な性格なのに、なぜか悩み事を抱えた人間が寄ってくる。痛快エンタテインメント！
は-3-51

馳 星周
生誕祭（上下）
バブル絶頂期の東京。元ディスコの黒服の堤彰洋は地上げで大金を動かす快感を知るが、裏切られ、コカインとセックスに溺れていく。人間の果てなき欲望と破滅を描いた傑作。（鴨下信一）
は-25-4

馳 星周
復活祭
八〇年代バブルに絶頂と転落を味わった男たちが、ITバブルに復活を賭ける。しかし、かつて裏切った女たちの復讐劇も進行していた。このコンゲームを勝ち抜くのは誰か？（吉野 仁）
は-25-8